明日が世界の終わりでも

CROSS NOVELS

榎田尤利
NOVEL: Yuuri Eda

茶屋町勝呂
ILLUST: Suguro Chayamachi

CROSS NOVELS

CONTENTS

CROSS NOVELS

CONTENTS

明日が世界の終わりでも

CROSS NOVELS

出逢ったのは図書館だった。
季節は秋だった。
きみは薄いグレイの上品なシャツを着て、笑うと目尻に浅い皺ができた。
持っていたのはカンディンスキーの画集と英仏辞書。
僕に渡した紙片の色は山吹。
覚えている。
なにもかも、こんなに詳細に目に浮かぶ。
忘れたりしない。
なにひとつ手放すつもりはない。
きみは嘘だと笑うかもしれないけど、それでもべつに構わない。

今は　こんなに　遠い僕ら。

だけど僕には忘れられない。
きみのあの視線が、僕の体中に――今もはりついている。

I

僕は泣きながら目を覚ますことがある……悲しい夢を見て。

閉じている瞼の内側で、限界まで溜められた熱い涙が溢れる瞬間、目覚めるのだ。

それはとても不思議な感覚だ。

夢の悲しみと、それが夢だったことに対する安堵がごちゃ混ぜになって、僕の胸を襲う。夢の内容はいつも似ている。たいていは誰かが僕から離れていく夢だ。

恋人だったり。両親だったり。友達だったり。

とにかく僕が、置き去りにされる夢だ。

今朝もそんなふうに目が覚めた。

僕はやっぱり捨てられて、知らない駅のホームで泣いていた。最終電車はとうになく、とても不安でさみしかった。日本の駅なのに、時刻表は見覚えのない外国語で書いてあって読めないし、駅員の袖からのぞいた手首は機械の配線がショートしかけている。そしてそいつは僕を捨てた誰かと同じ顔をして、もう駅は閉めますと言うのだ。

変な夢だった。でもやっぱり泣いた。

勝手に零《こぼ》れる涙を手の甲で拭いながら、最近増えたよなと思う。

理由はわかっている。少しばかり――情緒不安定なのだ。

その原因が玲《れい》にあることもわかっている。

玲……御厨玲治《みくりやれいじ》は僕の恋人だ。

僕が今までつきあった男の中で一番綺麗な顔をして、一番頭がよくて、一番謎めいているのが玲だ。自分がつきあっている相手だというのに、僕は玲のことをよく知らない。歳は僕より七つ上と言っていたから、二十六になってるはずだ。――そういえば、誕生日も知らない。

玲のマンションにはコンピューターが何台も繋げられている。難しそうな専門書も並んでいるから、プログラマーのような仕事だと思う。はっきりと聞いたことはない。聞いたら教えてくれるのだろうけど、聞かない限り永遠に教えてはくれない。

つまりそれが、玲なのだ。

まだ若いけれど、稼ぎはいいんだと思う。広い部屋。シンプルだけど値の張りそうな家具たち。大きいばかりで中はスカスカの冷蔵庫。キッチンには備え付けの自動食器洗い機まである。もっともこれも活躍の機会はほとんどない。玲は料理なんかしないからだ。日本人離れした頭身と、鋭利な美貌を持つ玲がフライパンを揺すったりしたら、ドラマのワンシーンばりに絵になって、いっそ現実味がないだろう。それはそれで、ちょっと見たい気もするのだが、僕らはいつでも外食か店屋物だ。

この贅沢なマンションに、僕は入り浸っている。

タタミ六枚きりの、学生用の安アパートへはたまにしか帰らない。

でもそういうことじゃなく。

ここが広くてキレイだからとかではなく、
僕はいつでも玲と一緒にいたいと思っている。たとえば一緒にいてくれるなら、僕のボロアパートだって構わないんだ。本当に。

玲はどうなんだろう。

わからない。玲は自分の気持ちをあまり口にしない。

僕を可愛いとは言ってくれる。十九にもなって可愛いねと目を細められることに、最初のうちは抵抗を感じていたが、すぐに慣れてしまった。あるいは慣らされてしまった。子供の頃から植えつけられてきた『男の子である気負い』を、玲はいとも簡単に僕から取り払う。可愛いと言われて喜び、頭を撫でられたり、頰を指先で擽《くすぐ》られたりするのも大好きになった。

手放しで可愛がられ、甘やかされ、僕は玲の虜《とりこ》になったのだ。

玲は今、眠っている。

このベッドの、僕の横にではなく、隣の居間にあるカウチで。

たしかに僕は玲に可愛がられ、なにもかもを与えられている……ただし、たったひとつのものを除いて。

——僕たちはセックスをしたことがない。

今まで一度もだ。

玲は僕を、他の男に抱かせる。そしてそれを見ている。自分では抱かない。

複数プレイでもないし、ＳＭとも違う。ただ見ている。

一種のゲームなのだろうかと、僕も最初は思った。

焦《じ》らして、焦らして、僕を煽るのかと。

でももう半年もたつ。

僕は何回玲の前で男に抱かれたかわからない。玲だけがいまだに僕を抱かない。

度がすぎる。僕はやっと気がついた。これはゲームなんかではないのだ。

僕がどんなに取り縋っても、いい子にしていても、マゾヒストな奴隷になっても、玲は僕を抱かない。玲にとって僕をフィジカルに愛する方法は、唯一『視線』だけなのだ。

こんなことって
こんな辛いことってあるだろうか。僕は玲が大好きなのに、好きで好きでたまらないのに。

抱いてもらえない――キスすら、稀《まれ》なのだ。

辛い。苦しい。

ときどき、息が詰まりそうになる。僕は自分の気持ちの持って行き場がない。

言葉では追いつかない気持ちがある。抱きしめるほかに表現できない気持ちもある。僕は伝えたいのに、全身で好きだと伝えたいのに、玲はそれを拒絶する。

そっとベッドを下りて、僕は柔らかい春の陽が射し込んでいるリビングに向かった。

カウチで静かに眠る玲を見る。

象牙色の肌。漆黒の髪。背は高いが、骨細で若木にも似た体つき。……とても綺麗な玲。

横に向いた顔に細い髪がかかっている。僕は玲の髪が大好きだ。肩にかかる長さに伸ばされたまっすぐな髪は、眠るとき以外は一束に括られている。

今――ならキスできるだろうか。

キスしたい。玲に触れたい。玲の体温が……欲しい。

僕はゆっくりと顔を近づけた。玲を起こさないように息すら止めて。

近づく玲の顔。

ほのかな柑橘系のシャンプーの香り。

うす蒼い瞼。伏せられた睫毛《まつげ》。

「――僕に触るな」

氷の針で胸をチクンと刺されるような玲の声が、あと数センチの距離を凍結させる。

「ご……め…」

「望《のぞみ》」

起き抜けとは思えないしっかりした発音で玲が言う。まだ目は閉じられたままだ。

「――僕のことが好き?」

玲は気配だけで僕の存在を知る。恐ろしく勘がいい。

「うん……すき」

「僕もだよ。望が誰より大切なんだ。失いたくない。だから」

——だから？

「だから僕には絶対に触れちゃいけない」

睫毛が揺れ、目を開けて玲はそう言った。

なんて
なんて残酷なことを平気で言うんだろうこの人は。

つまり触れたら別れるっていう意味なんだろう？　僕を捨てるって言ってるんだろう？

狡《ずる》い。狡いよ玲。

僕をそんなふうに支配して、触れないままに支配して、玲は楽しいのだろうか。僕を抱かなくても楽しいのだろうか。

僕にはわからない。わからないけど、でも離れられない——玲を失いたくない。

玲を失う夢を見て泣きながら目覚め、そしてそれが現実だと気がつく——そんな日を迎えたら僕はきっともう生きてはゆけない気がするから。

初めて僕がその視線に晒《さら》されたのは、玲と知り合って三カ月がたってからだった。

僕たちは互いの性指向を――つまりゲイだってことを知ってはいた。

僕はその頃まだ高校生だったけど、他の男との経験はもうあったし、そういう盛り場も知っていた。ませていた、というよりいきがってたんだと思う。

男同士のつきあいというのは、出会いからセックスまでがとても早いのも知っていた。だから少し不思議だった。玲が僕に手を出してこないことが。

それどころか、僕たちは出逢ったその日に、触れる程度のキスを交わしたきりだったのだ。

僕がまだ高校生なのがネックかなとも思った。玲は僕よりずっと大人だから、こんな子供相手じゃ気が引けるのかな、とかも思った。

あとは、その、組み合わせの問題っていうか。

つまり僕は今までネコしか経験がなくて。

玲は年上だけどすごく綺麗な男だから、そっち専門ってこともあり得るし。

そうすると僕が玲を抱く、っていう状況になっちゃって、それはちょっと想像しにくかった。

やってやれなくはないだろうけど、最初はリードしてもらわないと無理だよなぁ、とか考えた。

でも実際はそんなことはぜんぜん関係なかったんだ。一人で心配していた僕がバカみたいだ。

ネコもタチもあったもんじゃない。

玲は自分で僕を抱かなかったんだから。

「よ。こんちは」

「こ――んにちは」

初めて玲の部屋に招待された日、その男は自分の家みたいに寛《くつろ》いだ様子で居間のソファに沈んでいた。

玲と同じくらいの歳、モデルみたいに濃いめで印象的な顔……シンプルな黒いだけのハイネックセーターがすごく映える。玲ほどではないけれど、少し長めで肩に触れている髪はアッシュカラーに染めてあった。頭が小さくて腕脚《てあし》も長く、立ったらかなり背が高そうだ。

「僕の友人の城下《しろした》だよ。美容師やってる」

「あ…ども。辻堂《つじどう》望、です」

「よろしく。へえ。いいね。可愛いじゃない。今度おれのカットモデル頼みたいなぁ」

「気に入った？」

「すごく。でもこんなに若い子は初めてじゃないか玲治。大丈夫なの？」

「望なら大丈夫だと思うんだけどね、僕は」

なんだか僕を抜きにして進んでいる会話に戸惑い、窺うように玲を見た。

玲は微笑んで、

「これから望は城下に抱かれるんだよ」

と言った。

「――――え？」

「僕はそれを見ている。望が城下に抱かれるところをね」

なにかの冗談なのかと思った。

でも玲はこういうジョークを飛ばすようなキャラクターではない。

「な……なんで？」

他に聞きようがなかったのでそう聞いた。

玲が僕の腕を取り、ソファに腰掛けさせる。柔らかい革のソファで、僕は城下さんと玲のあいだに挟まれる形になる。玲は僕と少し身体を離し、手にだけ触れ、指先に軽いキスをする。滅多にない玲との接触に、僕はどきどきする。

城下さんは僕と密着して、肩に腕を回す。

「さ、三人でってことなの？」

突然の展開に、僕の声は上擦《うわず》っていた。

「いいや。違うよ」

「じゃあ……」

「あのな、望くん」

城下さんが僕を自分のほうに向かせた。

指先で耳朶を擽るように弄《いじ》られて、僕は少し身を捩《よじ》った。

「玲治は見るのが好きなんだよ。自分ではしないんだ。だから玲治の恋人になるっていうことは、玲治の用意した男と、玲治の前で抱かれるっていうことなんだよ」

「――――え？」

城下さんの言葉を、僕はなかなか呑み込めなかった。たぶん、脳……というか、心が拒絶したんだろう。

玲が僕の手を離して、音もなく立ち上がる。

ゆっくりと、優雅といえるほどの足取りで、向かいにある一人掛けのソファに移動した。

「れ、玲――あ、な、城下さんっ」

城下さんは長い指で僕の髪を撫でながら、耳に口づけた。僕の肩がヒクンと震える……正直言って、耳は弱いんだ。

「ああ、ここがいいの？　可愛いね……高校生なのに、もういろいろ知ってるんだね？」

耳元でそんなふうに囁かれると身体の力が抜けてしまう。

どうしよう。玲。

玲――

「おれのこと、気に入らない？」

「そ、そんなんじゃ、ないけど、でも――んゥ……」

キスされた。

いきなりのディープキス。有無を言わせぬ感じで舌が絡められる。この人は知ってる……半ば強引にしてしまったほうが、僕が堕ちやすいのを。玲を通して、僕に関するデータをかなり仕入れているのかもしれない。

玲の僕に対する仕打ちはかなりのショックだったけど、正直すぎる身体はもう反応を始めてしまっている。玲に見られてる、っていう刺激も強かったと思う。

「――ん、あ……、玲…ッ」

「なんだい望？」

思わず呼んだ僕に対して、ごくクールな声が返ってきた。

僕は城下さんにシャツをはだけられ、ズボンのファスナーを下ろされながらも、玲に聞かずにはいられなかった。

「ど、どうして？　玲は――なんでこんなこと、するの？　なんで玲が、……あ、やっ」

なんで玲が抱いてくれないの。

そう言う前に、城下さんの手で僕の情欲は露出させられ、その先を擽られた。

すでにいきり勃っていたそれは透明な露を零して、城下さんが指先をゆっくり離すと、いやらしく光る糸が引いた。

「若いなぁ。もうこんなだ。どう玲治？　望くんのこれ、初めて見るんだろう？」

「そう……可愛い色だね。思っていたより太いかな。感度もよさそうだし」

「い、いやだ、」

観察される恥ずかしさに、僕は脚を閉じようとしたが、城下さんの脚が絡まっていて無理だった。優しく摩《さす》られただけで、僕のものはビクンと更に大きくなって震える。

「ほら、よく見せてあげなくちゃ。望くんの恋人はあっちなんだから。玲治はとても見たがっていたんだよきみのこと」

見たがって？

「望くんが気持ちよくなるところを見るのが、あいつのセックスのスタイルなんだよ。玲治は視線でセックスするんだ……わかる？」

視線で――――？

僕は羞恥に眩《くら》む目で、向かいに座っている玲を見た。

玲はまっすぐに僕を見つめていた。熱い、溶けた鉄のような、視線で。

その視線をまともに受けとめたとき、僕の中のなにかが変わった。

壊れた――――のかもしれない。

僕は身体の力を抜いた。玲が、本当にそれを望むなら……それでいいと思った。

そのときは、そう思ったんだ。あとからこれほど苦しむとは知らなかったから。

それに、欲望に走り出してしまった身体の熱は、もう自分で制御できないほどに高まってしまっていた。

僕は下半分だけ裸に剝《む》かれたみっともない格好で、四つん這いにさせられた。

「――アッ、そ、こ……や……」

「ヤじゃなくて、イイでしょ。恥ずかしがらなくていいんだよ。男なら、たいていここが弱い……ほら、ね」

からかうような、城下さんの声。

「あぁっ――！」

ポイントをぐりっと擦られれば、どうしたって腰が跳ねてしまう。

大きく脚を広げられた僕のそこには、城下さんの長い指が侵入《はい》っている。

玲は城下さんと同じ位置から、つまり僕の背後から、僕を観察してた。見られている。そう思ったら全身の血どころか、脳まで沸騰しそうに熱くなった。

「綺麗な腔《あな》だね望」

冷静な声で誉められ、ますます僕の熱は上昇し、思わず尻を蠢《うごめ》かせてしまう。

「城下。もっと広げて見せて」

玲のリクエストに、城下さんがクスリと笑う。

「はいはい。……こう、か？」

「ひっ、あ！」

空いている手で、僕の尻を左右にグッと開く。指は突っ込まれたままだ。

いかにも美容師というかんじの、城下さんの綺麗な指。それをいやらしく銜《くわ》え込んでいる僕のそこは、隠しようもなくさらけ出されている。見られている。

「ふうん……感じてるね。指じゃ物足りなさそうだ、望」

「そうなの？　望くん」

城下さんが意地悪くそう聞きながら、また僕のいいところを刺激する。

「んあぁッ！　や、やだ……そ、んなに……見な……いで……」

「こんなに勃起させて、そういうこと言うかい？」

城下さんが僕のペニスを、根元から指で辿る。先端をクリッと弄くられて、僕は身悶えた。

だめだ。

ぜんぜんだめだ。制御できない。

息を詰まらせて喘ぎながら、僕は混乱していた。自分の欲望を制御できないのがショックだったわけじゃない。

ただ、怖いのだ。

この状況に没頭してしまうことを、僕はどこかで恐れている。深さのわからない蜜の泉を目の前にして、ためらっているのだ。……蜜から漂う、甘い香り。とろりとした黄金色の水。それは普通ではないがゆえに、とことんまで僕を蕩《とろ》かすのだろう。その蜜に全身で浸かり、口も肺も、蜜でいっぱいに満たされて――きっと僕は窒息する。

玲は立ち位置を変えた。僕の顔が見える場所に。

「どうしたの望。なんで泣くの？」

僕は泣いていたらしい。

「可愛いよ。最高だ。僕が見たかった望そのものだよ。言って。イイって。感じるって」

とても優しい囁きだった。

玲の声は本当に柔らかくて、優しくて――残酷。

「ほら？　僕に言って。城下にじゃなくて、僕に言うんだからいいだろう？」

そうなの？

でもなんか、変じゃないか――？

だって僕を今抱いてるのは城下さんなんだよ？

「ほら、言って。挿《い》れて欲しいって。望？」

「――あ、ああ……う……」

城下さんはすでに指を引き抜いて、僕の熱く溶けた場所に、自分の屹立の先端を宛てがっていた。城下さんのそれも熱い。僕のそこは誘うように収縮してしまう。

「恋人の僕になら、言えるだろう？　言ってごらん望。『挿れて』って……でないと先には進まないよ？」

ああ、欲しい。

すごく。

僕の身体はもうアナルセックスの悦《よ》さを知っている。あの蹂躙《じゅうりん》されるような、めちゃくちゃな快楽を知っている。

でも僕はそれを恋人に求めたいんだ。誰でもいいというわけじゃないんだ。

そんな簡単なことが、どうして玲にはわかってもらえないんだろう。通じないんだろう？

僕は、僕の身体は——誰のものでもなく、玲のものになりたいのに……

「僕の望。大好きだよ。だから言って僕に。欲しい、挿れてって。僕が許可しないと城下は絶対にそうしない」

ああ、そうか。そういう約束事があるのか——玲は、司令塔なのか。

僕を弄ぶ男の司令塔……もっとも強い権力を持つ……

「——し、い……」

舌がうまく回らない。

「なに？　望」

「……ん、あ……ほ、しい——れ、い……」

「欲しいの？」

僕はガクガクと頷く。

玲が微笑む。怖いくらい綺麗な優しい顔で。

「い、いれ――てッ……ほ、し、――あああっ！」

玲がチラリと視線を城下さんに移したとき、僕は待ち焦がれていた城下さんの硬い熱を呑み込んだ。

「ふ、う、……あ、あッッ」

侵入《はい》ってる。熱い塊。僕を搔き回す――僕の中に他者がいる。僕は自分自身を捨てる。欲望が呼び起こす感覚だけを残して、自分を放棄して相手を受け入れる。

でもそれは恋人じゃない。

でもそれは、恋人じゃない――

「望、目は閉じちゃだめだ。僕を見ながら狂うんだよ？」

狂う？

ああ、蜜の泉で窒息した僕は、死なずに狂うのかな……？

城下さんと、玲の視線と。そのふたつに犯されながら、僕はそう思った。

でもそんなふうに考えていられたのは一瞬で――あとはただ自分の快楽を必死に追い、尻を振って、よがり声をあげ続けた。

どこかでもうひとりの僕が、深い場所に沈んでいく僕を、ぼんやりと見ていた。

指を折ってみる。

指を折って、数えてみる。いち、に、さん――ああ、全部で九人かな。

ここ三カ月で僕を犯した男の数。

厳密に言えば、玲の指図で僕を抱いた男の数。

多いのかな。少ないのかな。……よくわからない。男たちにこれといった共通点はなくて、いろんなタイプがいた。

最初の城下さんにも、あのあと何回か会ってはいる。でも、抱かれたのは最初きりだ。

僕が思うに、あれは僕が玲の要求を受け入れるかどうかのテストだったんだ。だから一番身近で、信用できる城下さんを玲は選んだ。そう考えるのが自然だろう。

他には、医者。教師。エンジニア。大手企業の役員。スポーツトレーナー。たいていある程度の社会的地位のある人たちだった。彼らはみんな玲との約束をきちんと守った。

約束、というか契約というか。

つまり、玲の見ている前で僕を抱くこと。玲の要求があったときには、それに従うこと。自分はいつ、何度達してもいいけど、玲の許可が下りるまでは、僕をいかさないようにすること。

そんな取り決めがきちんとあるのだ。

そういえば――

僕を抱く男がいないまま、二週間がたったときが一度だけあった。

いつだったかな。たぶん、四人めのあとくらい。

冬から浅い春に移り、やっと梅が綻《ほころ》び始めた頃だった。後期試験直前だったから僕はいつもより真面目に大学に行き、滅多に会わない友人を拝み倒してノートのコピーを取らせてもらったりしていた。玲はふだん通り自宅で仕事をして、夕方にはどこかで待ち合わせて食事をしたり、軽く飲んだり……普通のデート、みたいで嬉しかった。

試験明けには映画も観た。なにがいいの、と僕が聞くと、玲はラブストーリー以外ならなんでもいいと言って笑った。

結局、そのとき話題だったSF映画を観た。

僕は玲と映画が観られる嬉しさで舞い上がっていたから、ストーリーもろくに覚えていない。座席にポップコーンをぶちまけてしまったのは、覚えてるけど。

玲と連れだって区立図書館にも行った。僕も玲も本は好きだった。

「初めて会ったときを覚えている?」

図書館の休憩スペースで、缶コーヒーを飲んでいたときに玲がそう聞いた。

「覚えてるに決まってるじゃない。まだそんな昔の話じゃないし……ええと、半年くらい?」

この図書館には以前からよく来ていた。立地が便利で蔵書も多いし、僕の好きなジャンルが充実している。玲の姿も何度か見かけていて、気になっていた。なにしろ玲は見目がいいから、人目を引くんだ。

「ええと、たしか人文の棚のところにいたんだよ。僕も玲も。で、僕は本を探していたんだけど、ちょうど昼時でさ。朝も抜いてた僕の腹が……グルルルって。く、ふはは、今だから笑えるけど、あん時は恥ずかしかったよすっごく」

「ああ。望は真っ赤だったね」

「そしたら背中合わせに立っていた玲が、こっちを向いて僕をナンパした」

恥ずかしくて俯いていた僕に、玲は小さなメモを寄越したのだ。『ごはん食べに行かない？』と書いてあった。

「あれはナンパっていうの？」

「言うよぉ。僕、まさか図書館でナンパされるとは思ってもなかったけどさ」

玲がそれを聞いてふふ、と笑う。

僕は玲の笑顔が大好きだ。

「それじゃあ、僕がいつから望を見ていたか知ってる？」

「え。それは…知らない……」

「あの日から逆算して三カ月。僕は毎週土曜は望を見るために、ここに来ていた」

そんなに以前から見られていたのだと知り、僕は驚いてしまう。

「それまでは昼頃起きる生活だったんだけど、それじゃ望とすれ違う可能性が高いと思って、いつもより早起きするようになった」

静かな声で玲が話す。空になったコーヒーの缶を弄びながら、上目遣いで僕を見る。

「高いところにある本を、踏み台を使えばいいのに面倒がって、ピョコンと飛んで摑もうとしたりする望が」

たしかに僕はときどきそれをやる。

「あんまり可愛くて、笑いを堪《こら》えるのが大変だった」

「そ、そんなとこまで見てたの？」

「そう。見ていたよ」

なんだか気恥ずかしくて――そしてとても嬉しかった。以来、あの図書館は僕にとって特別大切な場所になったのだ。

そんなふうに穏やかに過ごしていると、時間はとても優しく流れて、世の中のすべてはうまくいっているような気になる。僕と玲のあいだにすら、なんの問題もないような気がしてくる。他の男に僕を抱かせる恋人の顔を見ても、少しの憎しみも湧かない。

そう、憎くはない。

ただ不安なだけだ。

玲の真意がわからないという不安。それだけは拭い去ることはできない。忘れた振りをしたい僕と、それを許さない僕がいつもせめぎあっている。

玲が外出したある日、僕は一枚の写真を見つけた。

家捜《やさが》ししたわけではない。留守中に届くはずの荷物の受け取りを頼まれ、三文判を渡された。無事に荷物は届き、僕はその三文判を玲が取り出した抽斗《ひきだし》の中にしまおうとした。

抽斗の、どの段だったかわからなくなって、適当に開けていたら、その写真に出くわしたのだ。なんていうか――ひどく痛い写真だった。

満身創痍の人に出くわしたみたいな気持ちがした。

一度はビリビリに破かれ、その後、セロテープでかろうじて繋ぎあわせてある。古い写真だ。カラーだけど、かなり色が褪《あ》せている。写っているのはたぶん母子《おやこ》だろう。子供は男の子。十歳くらいに見えた。

そしてふたりとも、顔を黒く塗りつぶされている。

塗り残した母親の口元で、かろうじて彼女が微笑んでいるのがわかる。子供の顔はすっかり真っ黒で、表情などわからない。顔を黒く塗りつぶし、その後で引き裂いて、でもまた貼りあわせた……そう考えるしかない写真だった。

見ているこっちの胸が潰れそうだった。

もしこれが玲の手によるものならば……この男の子が玲なのだとしたら。

どうしてそんなことをしたのかは、むしろどうでもよかった。どう足掻《あが》いたところで、過去に手出しはできない。人間は時間に勝てない。

ただ、そんなことをしなければならなかった玲を思うと、辛かった。

僕はその写真を元通りにしまっておいたつもりだったけど、どうやら玲にはなにもかもお見通しだったらしい。

その日の夕食のときがすんで、僕はコーヒーを入れていた。

玲は濃いイタリアンローストが好みで、僕はコーヒーの味の差を、玲とつきあうようになってから覚えた。玲のキッチンで唯一使われているのがコーヒーにまつわる器具たちだ。

玲はダイニングテーブルで僕を見ていた。背中を向けていてもチクチクと感じるその視線に、僕はなかなか慣れない。

「なに？　玲」

「いい匂いだ」

「うん――クリーム入れる？」

「入れて」

砂糖の入っていない、緩めのホイップクリームをコーヒーに浮かべる。ぽってりとしたクリームはわずかにゆらめき、しばらくは表面に留まる。だがやがては温められて溶け……徐々に、沈むのだ。

「写真。見たね、望」

僕の正直な肩は、固く縮こまってしまう。

「あ――ごめ、」

「いい。ただ、印鑑を戻そうとしただけなんだろう？」

「うん……でも、ごめんなさい……」

コーヒーを玲の前に置く。磁器のぶつかる音がしないように、気をつけた。べつに怒っている様子はなかったが、それでも僕はちょっと怖かった。

なにが怖かったんだろう。

玲が？

——玲の過去が？

「聞いていいよ」

「え」

「写真のこと。聞きたいんだろう？」

聞きたいのか聞きたくないのか、僕にもよくわからなかった。自分のコーヒーを置いて腰掛け、考える。考えてもよくわからない。通り一遍の質問しか思いつかなかった。

「あれは——お母さん？」

「そう」

玲は躊躇《ちゅうちょ》せずに頷《うなず》く。顔つきも変わらない。

「あの男の子は、玲？」

「そうだよ」

「なんで——顔を塗りつぶしたの?」

「見たくなかったから」

「破いたのは」

「捨てようと思ったから」

そしてまた貼りあわせたのは……それでも捨てられなかったからだ。

そんなの、聞かなくてもわかる。そして幼い玲が幸福ではなかったのも察しがつく。でも僕が聞きたいのは、昔の不幸の詳細なんかじゃない。それをどうでもいいとは言わないけれど……どうしようもないことだから。

それより、僕が、聞きたいのは……一番、気にかかっているのは……

玲。

きみは、今も、もしかしたら——少しも幸福なんかじゃないの?

だけど僕はその質問を口にはできない。答えがイエスならば、自分の存在が否定されてしまうような気がして言えない。

コーヒーを飲み終えた玲が、自分のくちびるについたクリームをぺろりと舐めた。

しばらく、ふたりとも話さなかった。

つけっぱなしのステレオから、ピアノ曲が流れている。僕のあまり好きではない曲。金属みたいな高音が鼓膜に痛い。

「望。しばらくしていないね」

突然、そう言われた。

「え。なにを？」

「セックス」

「あ――うん」

たしかにそうだった。言われて、少しだけ期待した。

もしかして――もしかしたら。玲が、抱いてくれるのかと。

その期待だけで僕の心臓がきゅう、と縮まり、ペニスは勃ち上がりかけた。

「望、自分でして見せて」

「え？」

「僕の前で自慰してごらん」

なにを言い出すんだと思った。

「や、やだよ、そんなの」

「どうして？」

「だって――は、恥ずかしいじゃない……」

「セックスしているところは見られても平気なのに、自分でするのは恥ずかしいの？」

そんな言い方ってないよ、と内心で呟く。

玲はからかうような顔で、赤面している僕を見る。

「見たいな――望が自分でイクところ。可愛いんだろうな」

「…………」

言葉に詰まっている僕を、面白そうに見ている。

「して見せて、望。しばらくしていないから溜まっているだろう？」

それは……図星だった。でも、セックスが恋しかったわけではない。

僕はたぶん、僕を射抜く、玲のあの視線に、飢えていたんだ。日中の優しい視線とは違う、あの焼いた刃先のような視線――

「しなさい。僕の写真を見たペナルティだ」

見つめられ、コーヒーの香りの吐息に命令されて、僕は従った。促されるまま、居間に移動して、ひとり掛けのソファに座る。

「下だけ全部脱いで？」

僕は玲の操り人形だ。写真の件なんか関係ない。そんな理由などなくても、玲は簡単に僕を動かすことができる。

視線という符呪を持っているから。

「そう。脚をもっと開いて……そんなんじゃ見えない」

シャツ一枚きりで、下半身を丸出しにした僕は、情けなさと恥ずかしさで興奮していた。

玲が見ている。

玲が見ている、僕を――

「望。もう大きくしてる……いい子だね。握ってごらん」

僕は浅く息をつき、自分のものを握り込んだ。じわりとした快感が広がり、ますますそこを硬くさせる。

「いいよ、自分の好きなように動かして。でも勝手にイっちゃだめだ。わかってるね？」

僕は頷く。わかってる。

玲がいいと言わなければ解放しちゃいけない。

でも自分で自分を扱《しご》く手は、ともすれば呆気なく熱を解き放ちそうで、僕は加減に苦労する。

玲と目が合う。

僕の体中を舐めるような、その視線。

「望が感じるところを言ってあげようか？」

玲は立ったままで、僕のすぐ目の前にいる。ゆっくりと身体を屈めて片膝を突き、顔の位置を僕とほぼ同じ高さまで下げてくる。

「僕はよく知ってる。いつもじっくり見ているからね。そう、まず耳の下……」

「あ……っ」

そのとき僕は、はっきりと感じた。

耳の下の熱い刺激を。玲の視線の、愛撫を。

「それから喉仏のあたりを舌で擽られるのが好き。鎖骨に歯を立てられると、もうたまらない」

「あ、あ、あ――ゥん……」

視線が、言葉通りに動く。

僕のいいところを狙って、玲の視線が噛みつく。歯を立てる。

「乳首は少し乱暴に吸い上げられるのがいい。前歯で扱かれると望はいつもビクビク震える」

「ぃや――ぁ」

視線と言葉に翻弄されて、僕の感度はぐんぐん鋭敏さを増し、ペニスはもうカチカチになっている。達しない程度にしようと思っているのに、本能はどん欲に悦楽を欲しがって、気がつけば激しいテンポで扱いている。

このままではすぐ射精してしまう。

「手を離して」

「う、あぁ」

酷な命令に、僕は緩慢な動作で首を横に振った。

「望。早くしなさい。両手を背中の後ろに」

ああ、そんなふうにしたら、弄れなくなっちゃうよ。こんなに、苦しいのに。もう限界はすぐそこまで来ているのに――それでも僕は従うしかない。

引き剝がすように手をペニスから離し、背中に回して、自分の体重でソファのあいだに固定する。呼吸は乱れて苦しく、僕は顎を上げて酸素を求める。

玲が更ににじり寄る。ほとんど僕の脚のあいだにいるようなものだった。僕のそそり勃ち、涙を流して震えるそれを、じっと見つめている。

僕はせわしない呼吸をしながら、観察されることに耐えた。その視線は見えないバイブレーションみたいに、この身体を狂わせていく。

「可哀相にな。イきたいんだね」

労《いたわ》るような、猫なで声だった。

「れい……」

「望は、ぐいぐい扱かれるのも好きだけど、口でキュウっと吸われると、尻を振ってよがる」

「あ、あ、やめて……」

「くびれのところをくちびるで挟まれて、」

「――あ、は……ッ、あ」

「吸い上げられるのが好きなんだよね？」

涙でかすむ視界に、薄いくちびるの両端を上げている玲が映る。

……笑っている。

本当に嬉しそうなその笑みに比べたら、僕の矜持などなんの価値があるだろう。

「……れ……もう……」

玲のためなら、なんでもできるようになりたい。

「好きなんだろう？」

「す、すき……」

なんでも、言えるようになりたい。

「そう。それから、そこを深く銜えられながら、後ろを弄ってもらうのも好きだね？」

「ああっ、――れい……」

僕の中で、回路がまたひとつ焼き切れる。たまらなくなって、腰を浮かした。

玲に自ら、淫猥な穴を晒す。

「そう、そこ。そこに指を入れられて――奥のあの場所をつつかれると、望は泣きそうな声で啼く。可愛い声で」

僕は身体をくねらせて、玲にねだった。もうだめ、触りたい。お願いだから触らせてと、嬌声をあげた。

玲がふふ、と声を出して笑う。僕はとても嬉しくなる。

「右手だけ出して、自分で指を突っ込んでもいいよ」

その許可の言葉が全部終わらないうちに、僕の指は自分の後ろに差し込まれた。

「あ、ふ……ン、ア」

大きく脚を開いて、玲に見られている。ある意味、セックスより恥ずかしい自慰行為を。

その事実が僕を狂おしいほどの快楽に導く。

玲は視線を逸《そ》らさない。瞬きすらしないで僕を見つめる。

「指を激しく動かして——二本にして。そう、いい子だね……だめ、ペニスには触らない。後ろだけだよ」

熱い。

体の中でなにか燃えている。玲の視線があちこちの回路を焼き切り、僕の中で火が広がりだす。

血液が沸き、細胞が蕩ける。

僕は内側から燃やし尽くされて、きっといつか灰になる——

「れい……れい……あ、あッ、も——」

「いいよ。そのまま、後ろだけでイクんだ」

囁きながら玲の指が、僕のペニスの根元から先端へ、羽毛ほどの微弱な触れ方をした。

玲が僕のそこに触れたのは、このときが初めてだった。

「ヒ、あ、ア——ッ！」

ひとたまりもなかった。

その絶頂感は、上り詰めるというより、墜落する感じだった。空気の抵抗すら感じないほど、ズドンと一気に落ちる。……叩きつけられるように、堕ちる。

最後まで玲を見つめていようと思っていたのに、その瞬間はなにも見えなくなってしまった。目の奥が白く光ってハレーションを起こす。

「本当に、可愛いね……のぞみ」

玲の声が遠くに聞こえ、僕はなかば失神しかけていた。

——こんなふうに……。

こんなふうに、玲に翻弄されると、僕はとても熱くなる。すごく感じるし、興奮する。

でもその嵐が去ったあと、とても大きな風穴を胸に感じる。

ぽっかりと、虚《うつ》ろな穴だ。

だんだんとその穴が大きくなっている。僕自身が呑み込まれてしまいそうなほどに広がり続けている。広いし、深い。……果てが知れない。

あのとき以来、玲は僕のペニスには触れていない。あれだって、もしかしたら僕の錯覚だったのかと思うほどの触れ方だった。

ペニスだけじゃない、僕のどこにも触れようとはしない。肩がぶつかる程度のことはある。でも抱き寄せられはしない。たまに、顔のどこかに指先で触れられるだけだ。それも、他の男に抱かれているとき。

玲の気持ちを疑ったことはない。

僕を想ってくれていると信じている。

だから余計に混乱するのだ。僕がわからないのは、僕を好きなのに他の男に抱かせることではない。そんなことはむしろどうでもいい。玲が見たいならば構わない。

ただ、玲にも抱いて欲しいだけだ。

抱きしめて、僕の中に入って、僕を玲でいっぱいにして欲しいだけだ。

こんなに近いのに、こんなに遠い。

玲と僕の距離。そのジレンマ。

破いた写真。でも捨てられない写真。玲のジレンマ。

恋しくて痛い。きみが痛い。きみが恋しい。

玲の体温が……恋しい。

2

「わからないんです。玲がなにを考えて……あんなことするのか」

「おれにだってわかんないけどさ」

目の前で、細かい髪の毛が降りしきる。シャキシャキと軽い鋏《はさみ》の音が心地よい。

僕はここ半年、城下さんに髪をカットしてもらっている。二カ月に一度くらいだから、今日は三回目の来店だった。

「わかんない……どうしてなのか」

繁華街に面したビルの一階の、広々した明るい店内。

ガラスを通して入る、初夏の陽光。行き交う人々……。

城下さんの勤める美容室は東京でも有名な店で、彼自身も雑誌のヘアメイクを担当するほどの有名美容師だった。予約はなかなか取れないらしいけど、僕のためには時間を都合してくれる。玲も城下さんにカットしてもらっているそうだ。

もちろん店では城下さんも僕も、際どい話は控えている。

「望くんは――イヤだよなやっぱり。ああいうの」

言葉をぼかしながら、城下さんが聞いた。

「イヤっていうか――ただのゲームなら別にいいんです。ときどき、そんな遊び方があっても。でも玲のは……」

シャキン。

耳の上で音がする。

「奴のはゲームじゃないみたいだな。たしかに」

シャキン――きっとよく切れる鋏。

「玲は昔から、ああなんですか」

「そういうわけでもないけど……うん、まあ、いろいろあったみたいだから」

仕事柄愛想も良くて、やや軽薄な印象のある城下さんだけど、親友である玲の過去をペラペラと喋《しゃべ》ったりはしない。

「昔は……きっと違ったんですね」

シャキン。

でも僕は止まらない。勝手に舌が跳ねて、言葉を紡いでしまう。

「昔は――玲もちゃんと誰かを抱いたんだろうな……」

うらやましい。

妬ましい。

玲に抱きしめてもらった過去の人たち。玲に触れることの出来た昔の人たち……

ガラス窓越しに、通りを行き交うカップルたちが目に入る。なんのためらいもなく、腕を絡めあい、頬を寄せて囁き、笑いあっている。

シャキン。シャキン。

いい音だ。

……この鋏で喉を引き裂いたら？

きっとよく切れることだろう。血飛沫《ちしぶき》で城下さんの顔が真っ赤になるだろう。

「不安なの？」

わからない。

「あいつはきみを——愛してるよ」

シャキン。城下さんが小声で言う。

「歪んだ方法なのかもしれないけどね」

ああ、外は明るい。暑そうだ。

女の子たちの蛍光色の洋服。キラキラ光るビーズのアクセサリー。

シャキン。シャキン。シャキ——シャ
「でも変だよ！」

「望くん！」

カッと熱い感触が頬を走った。

「変だよ、城下さんだってそう思うでしょう？　玲は変だ、変だ、変――」

「わかった。わかったから、望くん。動かないで止血するから。おい！　誰かガーゼくれ！」

パタパタと、クロスに赤い液体が落ちる。

防水加工してある生地の上を、それは染み込むことなく、つぃっ――と滑っていく。

血だ。

ああ、僕が突然振り向いちゃったから……城下さんの鋏の先が、僕の頬を裂いちゃったのか。

「お客様、申し訳ございません！」

店長さんが飛ぶようにやってきた。僕はやっと我に返って力なく首を振る。

「ち――違うんです。僕がいきなり動いたから。城下さんはぜんぜん悪くないですから」

「とにかく、奥へ。ちゃんと手当しよう。そんなに深くはないと思うけど」

「あ、うん……」

城下さんに促されて僕は立ち上がり、一番奥の無人だったメイク用ブースに移動した。傷は僕の頬を、長く走ってはいたけど、幸い浅かった。縫う必要もない程度だ。

「脅かすなよ望くん――寿命が縮んだぜ」

こんなに真剣な城下さんを見たのは初めてだった。顔が少し青ざめている。

「うん……ごめんなさい。店長さんに怒られちゃう……？」

「そんなのは平気だけどさ。望くんに傷なんかつけたら、おれは玲治に殺されるよ」

「玲、に?」

「そう」

「ふ。ふふ――」

それは、笑っちゃうよ城下さん。

他の男に僕を抱かせるくせに?

あんなにたくさんの男の下で、ひいひい言う僕を見るのが好きなくせに?

身体だけじゃなく、僕の気持ちまでさんざん弄び、苛《さいな》んでるくせに?

「望くん」

ヒクヒクと痙攣するように笑っている僕の手を、城下さんがぎゅっと握った。痛いほどの力が、正気を呼び起こし、僕はやっと笑うのを止めた。

おかしくなんか、ないんだ。

ただ――虚ろなだけ。

「あのな、望くん。玲治は実際にある意味でおかしいかもしれない。それは認める。でも、だからといって、きみを愛していないわけじゃない。これは本当なんだ」

「いいんだ、もう」

「望くん」

僕は大きな絆創膏を貼ってもらった頬を軽く撫でながら、ぼんやりと城下さんを見た。

「イヤだイヤだって思いながら……結局別れられないで、玲の言うなりになっているのは僕なんだし……玲に見られると感じちゃう僕だって、もう充分変態なんだし……僕は自分の気持ちもよくわかんなくなってて……でも変なのは玲なんだって、思い込みたいんだ。自分だってもう変になっているのに……玲だけのせいにしたいんだねきっと……」

なにを言いたいのか、自分でも収拾がつかない。城下さんは哀れむような目で僕を見たあと、そうっと、まるでガラス細工を扱うみたいにハグしてくれた。

「きみは変なんかじゃない」

そしてそう言ってくれたけど、その言葉は僕にはあまり染み入ってこなかった。

「きみはとても真っ当なんだ……今まで玲治がつきあってきた誰よりも真っ当だ。だからこんなに苦しんでいる――でもどうか玲治を、信じてやってくれ」

信じるって何を？　玲が僕を愛しているっていうこと？

でも……でもそれにどれだけの意味があるんだろう。

玲は僕を愛している。そして他の男に僕を抱かせて見物する。それが玲の愛し方だから。

僕も玲を愛している。だから玲自身に抱かれたい。触れて欲しい。それが僕の愛し方だから。

合致しない。

呼応しない。

それなら愛なんて、ないほうがましなんじゃないのか？

「髪、どうする？　だいたいはすんでるけどまだ耳周りが残ってる」

城下さんが優しく聞く。

「また——近々、来させてもらっていいですか……今日はなんか疲れたみたい……」

「そうだね。ひとりで帰れる？」

「はい」

出口まで見送られて、僕は美容室を出た。

まだ五月なのに真夏のような陽気だ。強い陽射し。高い音程ではしゃぐ女の子たち。メタルカラーの車が行き交う。クラクションが絶叫している。僕はひどく頭が痛くなる。

壊れればいい。

ふとそう思った。壊れればいい。

でもなにが？

そう。

僕が、だ。


城下さんのお店を出たあと、僕はまっすぐ帰る気分にはなれなかった。街をうろつくには頭痛が耐え難くて、鎮痛剤を買って飲み、マンガ喫茶で寝た。

二時間もウトウトしていたら頭痛はかなりよくなっていた。

日が暮れたので、新宿に出る。

久しぶりに二丁目の、薄暗いバーに行った。飲みながら相手を物色する店。玲が絶対に行くなといつも僕に言う場所のうちのひとつ。

どうしてそんな場所に行ったんだろう……なにかを考えていたわけでもないのだ。ただ、フラリと足がそっちに向いた。玲に止められていることをしたい——そんな子供じみた理由だったのかもしれないが、意識はしていなかった。続けて頭痛薬を飲んだので、僕は少しぼうっとしていた。普段飲まない薬って効くんだなァと思った。

まだ時間が早かったせいか、店に人は多くない。

三人が座っているカウンターの一番奥に、僕は知っている顔を見つけた。……たしか七人めだったと思う。先月の半ばに、僕を抱いた人だ。

なんだっけ。なんか有名な予備校の講師とかいってた。まだわりと若い。三十ってとこかな。

舐め回すのが好きで、それこそ僕は自分がアイスキャンディーになったかのように、全身唾液まみれにされた。

妙に長い舌で、あそこの穴の奥の奥までぐちゅぐちゅにされて、玲が「女の子みたいに濡れてる」とか言ったんだ。

名前……名前……ええと、玲はなんて呼んでいた？

ああ、そう。イヌイ。乾《いぬい》さんか。ちょっと珍しい名前だったから覚えてる。いつもは名前なんか覚えちゃいない。

だいたい、最中だって僕が叫ぶのは玲の名前ばかりだ。

「乾さん」

「あ――」

「こんばんは」

「望くん……だっけ。きみ、なんでこんなところに」

「なんでって。それをここで聞くかなぁ」

僕は笑いながら乾さんの横のスツールに腰掛けた。ジントニックを頼んで、乾さんがカウンターに置いた煙草を一本抜き取る。

「もらうよ？」

まだ玲と知り合う前、ひとりでこのあたりをウロウロしていた頃の口調で僕は言う。

「ああ、どうぞ――しかし驚いたな。御厨くんとは切れたの？」

「別にそういうわけでもないけど……玲とは相変わらずだよ」

乾さんが火をくれる。

「ありがと……ねぇ、聞いていい？」

「なんだい」

「どうして玲と知り合ったの？」

乾さんは少しだけ緩めたネクタイの位置を気にしながら、考えつつ答える。

「まあ……あいだに何人も挟まって紹介されたかんじかな。若くて、すごく可愛い男の子を、ロハで抱ける。そのかわり、その恋人が一部始終を見守っていて、彼の出す条件のいくつかは厳守しなきゃならない。そんな話だった」

「へえ。可愛い子っていうのは誇大広告だったね」

「とんでもない」

少し低くなった声が、僕の耳元に落ちる。

「すっごく可愛かった。あんなふうに乱れられたら、もうたまらないよ。きゅうきゅう僕を締めつけて離さないし――」

「……僕は淫乱だから」

「いいことじゃないか。最高だよ。御厨くんが手放すはずがないな」

「そりゃあ――自分の指図ひとつで、どんな男のモノでも銜え込むような便利な男だもの。貴重さ」

僕は自嘲する。

たぶん乾さんは知らないんだ。玲が僕を抱かないってことは。あれは恋人たちがたまに刺激を得るためのゲームだと思っているのだろう。

「どんな男のモノでも、ってのはひどいなァ」

「あ――ごめんなさい」

乾さんは気を悪くしたわけではなさそうで、僕の髪を触りながら苦笑まじりに説明した。

「僕に声がかかってきたときも言われたけど、人選は厳しいらしいぜ。身元のはっきりした男で、社会的地位もあって、さらに病気の疑いがないこと」

「――そうなの？」

「ああ。僕もいろいろチェックされたさ。とにかくきみは大切にされているよ」

くす。

僕は笑っていた。

最初は自分でも無意識だったけど、笑い出したら、止まらなくなった。大切にされている？僕が玲に？　なんて最高なギャク。

「なんだい。どうしたの。御厨くんとケンカでもしたかい？」

声を殺して笑ったら、苦しくなって涙が出た。それを拭きながら僕は乾さんを誘った。

「ねえ、相手探してるんでしょ？　僕じゃヤだ？」

「でもきみは」

「いいの。平気だよ。今日は玲の公認で遊んでるんだ。たまにこういうコトあるの。お互い自由に遊ぶの」

「本当に？」

「ホントホント」

嘘ばかり。

玲は『浮気』を絶対に禁じている。

自分の前以外で男に抱かれるのは、絶対に許さないと言っている。

でもさ。そんなのってあるか？

僕には同じなんだよ。されることは一緒だもの。むしろ玲がいなけりゃ、自分のペースでセックスができるんだ。

「わかった……じゃあ、ホテルでいい？」

「うん、行こ行こ」

僕らは連れだって店を出た。


ギシリとやたらでかいベッドが軋む。

荒い息づかい。ぬめる僕の身体。やっぱり全身をくまなく舐められた。

特にあそこは念入りに。

今は腿の後ろ側から入った手によって身体を持ち上げられ、腰を高い位置に固定されている。

横を向けば自分の脚が見える。男にしては身体の柔らかい僕でもかなり苦しい姿勢だ。しかも僕のアナルは乾さんの目の前にある。それこそ皺の数までわかるだろう。

「可愛いな望くんは……ホントに」

そこをチロチロと舌で弱く刺激される。僕はもう、さんざん受けた舌の愛撫よりもっと欲しいものがあって、ねだるような鼻声を出す。

「あ、ん……乾さん、ねぇ――ねぇ……」

「うん？　なに？　どうして欲しいの？」

「……焦らさないで、ね、もう、欲しい――」

「クク。ヒクヒクしてるもんなァ。じゃあ指からね――ほぅら、入れるよ？」

「あ、ああ――ッ」

指は簡単に挿入を果たした。僕のそこはもうぐずぐずに蕩けていたから。

ぬちゃぬちゃと抜き差しをされて、僕は不安定な腰をくねらせる。そんなんじゃ足りないと、淫靡な吐息で主張する。

「なに？　もっと欲しいの？　おれのでかいのを、突っ込んで欲しいの？」

「うん――して……ああ、ンッ」

「ちゃんと欲しいって言いな、ホラ」

「あっ！　ア――欲しい……ッ、乾さんのでして……犯して……ッ」

僕は乱暴にひっくり返され、バックから挿入された。

「ああっ！　い、イ……！」

そう叫びながら、自分の声がなんだか大袈裟なのに気づいていた。

大袈裟っていうか……わざといやらしい声をあげて、自分を煽っているような感じだ。普段はどちらかというと声をあげないようにしている。最後のほうでは自信ないけど、少なくとも、今みたいに自分で声まで演出したりしない。

そんな余裕はない。

だって玲が——見てるから。

「望くんっ……いいよ、おれのに吸いついてくる……あぁ……」

「い、乾さん、もっと、もっとォ——揺すぶって……突いて……あ、あっ」

言わない、いつもはこんなこと。

肌を破くほどに食い込んで、血管に絡むような玲の視線を耐えるだけで精一杯だから。

「ほら、望のおっ勃ってるの……自分で擦ってごらん。中のイイところは僕が擦ってあげるから。ほら」

僕は肩をベッドにつけて、尻を高く上げた姿勢で自分のペニスを掴んだ。硬い。濡れてる。

欲望のままに扱く。

言葉通りに乾さんが、僕の弱いところに自分の先端をぐいぐい擦り当ててくる。

気持ちいい……すごくいい。二カ所からイヤらしい湿った音がしている。

イイのは本当なんだ。だけど――

「あ、アア、だめ、僕……も……」

「いいよイって。僕は御厨くんみたいな意地悪言わないよ。何度でも、好きなときにイクといい……ああ、こっちもたまんないよ……」

思う通りの刺激。

欲しいだけの刺激。

それが与えられている。

与えられているのに――どうして――

「う、あ、あ……ッ、れ――」

どうして僕は玲の視線を探しているんだろう?

それから呆気なく僕のぬめるミルクは吐き出されて、乾さんもイって、その後もう一回して眠って、朝になって別れた。

なんて言うか……

どんなことになっても朝は来るんだなと、ぼんやりと僕は思った。

悪事千里を走る。

僕の頭にそんな古い言いぐさが浮かんだ。バレるんだ、悪いことは。誰かが見ているもんだ。

「なにか言い訳があるんなら聞く」

玲の声はドライアイスでできたナイフみたいだ。氷ならまだ溶ければ水になる……水になって僕を濡らす。でも玲の声はただ、二酸化炭素に気化して消える。

冷ややかに、消えるだけ。

「……べつにないよ」

「じゃあ僕から聞こう」

玲は僕の腰掛けているソファの後ろに回る。首筋に棘《とげ》のような視線を感じる。

本当言うと、僕は少し怖かった。

どういう経路で伝わったのかはわからないが、僕の頬の傷がだいぶ癒えた五月末、玲は乾さんの話を持ち出してきた。

彼と、寝たね？

……ストレートな質問を笑ってかわせるほど、僕は場数を踏んでいない。

「望。僕がするなと言ったことを覚えていないのか？」

「覚えてる」

「言ってごらん」

「ハッテン場に行くのは禁止。ゲイクラブも禁止。ナンパするのもされるのも禁止。玲の見ている前以外では、他の男に絶対、抱かれないこと」

「そう。僕の前以外ではセックスだけじゃなく、ハグもキスも許さない。僕はそう言った」

いつもよりは多少尖った口調に、触発されて僕もいらつく。

「――同じじゃん」

「なにが」

「玲が見ていようといまいと、することは一緒だろ。おんなじアナルファックじゃんか」

ぐるりとソファを一周して、僕の前に戻った玲が眉を顰《ひそ》める。

慣れたはずのこの部屋なのに、今夜の空気は玲の蒼い怒気を含んで居心地が悪い。僕はふてくされ、脚を投げるようにしてソファに浅く座っている。

同じなもんか。

僕は思ってもいないことばかり言っている。ぜんぜん違う。玲が見ているセックスと、玲がいないセックスじゃ……

「誰とでもいいのか、望は」

天と地ほど、違うのに。

「なに言ってんの。誰とでもヤれるように仕込んだのは玲だろ」

「なるほどね。僕はそういうふうに思われていたわけか――」

「他に思いようがあるってのの？　ああ、そうか。僕の淫乱は天然で、玲はちょっと手を貸しただけって言いたいわけ？」

違う。

こんな話をしたいんじゃないんだ。

玲に知られたってわかったとき、すぐに謝りたかった。

ごめんなさい、もうしないから。

少し、さみしかっただけなんだ――

でも言えなかった。どうしてだろう。

たぶん、僕は知りたかった。試したかったんだ玲の気持ちを。

僕が一度くらい裏切っても、玲は許してくれる。僕を本当に好きでいてくれるなら、きっと許してくれる。……そんなふうに考えていたんだ。

汚い考えだ。

試すなんて、最低だ。だけど僕は最低の人間なんだよ玲。玲よりずっとガキで、人間ができてないんだ。だから

だから言ってよ玲――許すって。

今回だけは許してやるって。

「望は別に淫乱なんかじゃない」

「……」

「そう……僕のほうだ、淫乱なのは。自分以外の男に望を抱かせているのは僕なんだから。だから望が自分をそんなふうに思う必要はないよ」

どうしてそんなに優しい声を出すの。

僕の中の不安がぐうっと膨らむ。

「玲……」

「嫌がってるのは知ってた。望はいつも必死に僕を見ていたから。どうして自分で抱いてくれないの、っていう目をして――痛々しいほど、せつない顔をして」

「れ、」

「そんな望を見ているのは……僕も辛かったけど、それでもそうせずにはいられなかった。そう、これは僕の我儘なんだ。悪いのは僕であって、望じゃない。でも、もういい。僕は望を縛るような真似は――やめる」

え？

いまなんて言ったの？

「やめよう望。もうおしまいだ」

――なんか、刺さった。胸の奥に。ちいさいけど、鋭いもの。

つきん、と痛む。

「そ——んなに簡単に終わらすわけ……？」

「終わり方は簡潔なほうがいい。お互いに傷つかない」

「な、に言ってんの……あんたなに勝手なこと言ってんのッ！」

「勝手なのはおまえもだろう！」

身が竦《すく》んだ。

玲が怒鳴るのを、初めて聞いた。

「だめだよ、望。もうおしまいなんだから怒らせないでくれ……きみは可愛かったよとても。城下も言っていた。今までで最高の子だって」

「なに……それ」

つまり僕は、
今までの中のひとりでしかないわけ？

今まで玲がさんざん視線で犯してきた男たちの中の、ひとりでしかないわけ？

そんでもって、もうそろそろ飽きた頃で——たった一度の僕の遊びをいい機会に、切ろうっていうわけ？

「——ゥ」

涙が込み上げてきて、言葉が出ない。

悔しい。そして惨めで悲しい。

捨てられる。

いらなくなったオモチャみたいに。僕は玲に捨てられる。

こんな結末が欲しかったんじゃない。

ただ、少しだけ拗《す》ねて見せただけなのに。

涙が止まらない。

「や、だよ……玲……別れるなんて」

玲は黙したまま、僕を見ようとしない。

「どうして……ごめん…ねぇ、もうしないよ……もうあんなこと、しない」

強気をかなぐり捨てた僕の泣き言に、玲は素っ気なく答えた。

「しない人は最初からしないいんだよ、望」

「約束する、から」

「そんな安易な約束なんかするんじゃない」

「ほんと――う、だって、ば……」

泣きながらこんなふうに懇願するなんて、セックスのとき以外では初めてだ。

みっともない。女の子みたい。でも止まらないんだ涙が。勝手に、どんどん流れて、零れて、溱まで出てきて――どうしようもない。

痛い。

肺の奥が、痛いんだ。

玲は顔をあさってのほうに向けたまま、眉間の皺を深くするばかりだ。僕が惨めったらしく泣くから、鬱陶しいのだろう。

かといって、ほかにどうしろっていうんだ僕に。なにをしたらいいの。

抱きついて縋ることすらできない。玲に触れるのは、許されていないんだから。

「頼むよ望。もう帰りなさい」

ため息をつきながら玲が言い捨てる。

心臓が、止まるかと思った。

いや
止まってしまえばよかったんだ、いっそのこと。

僕は涙を拭く余裕もなく、ゼンマイ仕掛けの人形みたいに不自然に立ち上がって、玲のマンションを出た。

玲は、最後まで僕を見なかった。

――――いつも
いつもそうだ僕は。

なくしてから気がつく。なくしたものがどれだけ大切だったのか。

母さんが死んだときもそうだった。父さんが死んだときも同じ。

生意気ばかり言って。困らせて。自分勝手で甘ったれで。

だって思わなかったんだよ。死んでしまうなんて、思わなかったんだよ。親がいない世界なんて、想像したことすらなかったんだよ。

僕は子供で。本当にガキで。

人間がこんなにも呆気なく死ぬものだって、知らなかった。

癌なんて、遠い病気だと思っていた。

交通事故なんて、他人が遭うものだと信じていた。

まさか僕の家族が、突然、この世からいなくなるなんて。

絶対にもう会えないなんて。

絶対に絶対に絶対に絶対に絶対に絶対に——会えない。

死ぬってそういうことだったんだ。

それに気がついたときは、なんか、足もとにスコーンっていきなり黒い穴が開いてて。

そこから落下していく感じ。

え、なに——?　どうして?

……そういうかんじ。

悲しめるのはしばらくたってから。涙が出るのもしばらくたってから。泣けるようになれば多少はましだ。

自分の胸に開いたでかい穴を、ぼんやり眺めているような時期に比べれば、少しはましだ。

みんなみんな……僕から離れていく。僕がいくら愛しても、いくら憎んでも……関係なく。

そして、またなくした。

今度は大切な僕の恋人を。

両親のときとは違う。自分のせいで失った。

バカだ僕は。

救いようがない尻軽。淫乱。

……死んでしまえよ、もう。


「あれ。どうしたの?」

「な――にが?」

勢いで入ったのは、あんまりいい噂を聞かないので今まで避けていたクラブだ。

カウンターで灼けるようなズブロッカを飲んでいたら、知らない顔が声をかけてきた。

玲くらいの歳かな……いや、もうちょっと若い。二十四、五? このてろてろしたシャツはシルクだろうか。お洒落だけど水商売くささがある。顔は……なんか酔っててよくわかんないや。

「泣いてるから」

「泣いてる？　僕？」

「なんだ自覚ねえの？　しょーがないなァ」

笑いながら勝手に横に腰掛け、僕の頬に触れる。そして僕に指先を見せた。濡れていた。

ああ、これは僕の涙なのかな。

ハハハ。ヘンなの。

「どしたの。失恋か」

「――ハハ。うん、そう」

「泣きながら笑うなんて器用な奴だな。フラれたの？」

「うん」

「可愛いのにな――吸う？」

男が差し出したのは煙草じゃなかった。紙巻だけど、これはハシシだなと思った。

「くれるの？」

「どうぞ。ま、この程度のもんじゃ失恋は癒せないけどな。けどアンタみたいな可愛い子フるなんて正気じゃねえよ、そいつ」

火をつけてもらって、僕はゆっくりと吸い込んだ。この手の遊びは経験がない。玲が嫌いだったし、僕自身興味がなかった。

……僕の興味のすべては、玲に向いていたんだから当然だ。

「ゆっくり、深く吸うんだよ？」

「ん」

肺に満ちる煙――べつにどうということはない。以前吸っていた煙草とそう変わらない。

「彼氏、どんな男だったの」

「……正気じゃなかったかもね。確かに」

「なに。へんな真似されたのか。縛られたり？　この傷もそう？」

顔を近づけて男が聞く。治りかけている頬の傷に触れられて、僕はヒクンと反応する。

もう片方の手は、いつのまにか僕の腰に回されてる。

「ああ、これは――違うけど。……僕。僕ね、いつも見られていたんだ」

「なに？」

「彼は僕を抱かないの。他の男にヤらせて、見てるだけなんだ」

「変態じゃん、それって。でもきみも、見られると感じるとか？」

感じる？

そりゃあ感じるよ。玲のあの視線。たまらない。

僕はいつも他の男に抱かれるのがいやで、でも見られていると感じずにはいられない。

尻を振らずにはいられない。

喘いで。啜り泣いて。

玲に赦《ゆる》しを請うんだ。いかせて――ってね。

たまらないよ、玲の視線は。僕の火照った肌を突き破って、骨を砕いて、なんだかバラバラになりそうなほどだ。みじん切りにされて、鍋に入れられて、溶かされるんだ。

全部見られている。

いやらしい場所。恥ずかしい処。

それだけじゃない。

玲の視線はまるで、僕の心の中まで入ってくるよう。

――僕は
僕はね
なんだかとても深い場所で玲と逢ってるような気がしてた。

ぼくの尻が銜え込んでいるのは別の男のペニスでも……でも僕は玲に抱かれていたんだ。

……そうか。

そうだったんじゃないか。

僕はそれをどこかで知っていた。だけど同時に不安でもあった。

僕を抱かない玲が不安だった。あんなに熱い視線をもらっておきながら、強欲な僕はそれでも不安だった。

でも――もうない。

もうその視線を僕はなくした。失ってしまった。

「おぃ——泣くなよ、ホラ。あぁあ、こんな強いの飲んで……今、水頼んでやるから、しっかりしろよ。おぃ？」

ウォッカとハシシが急に身体を駆け巡りだした。

視界が、グラグラだ。

ちゃんと座っていられない。隣の男にほとんど身体を預けて、これじゃまるでカップルみたい。

ふられた男が酒で潰れるなんて、ありきたりすぎて笑えもしない。

男が飲ませてくれた水は、僕の灼けた喉を癒してくれた。

なにかザラリとした感触が舌に残ったけど、それを気にする余裕が僕にはなかった。

「なぁ。これから、俺んとこに来ないか？」

囁く声。

僕の背中を撫でさする手のひら。

「うん——いいよ」

そう。いいんだ。

誰でもいい。とりあえず。

いて。僕の側に。

ひとりにしないで。ろくなこと考えないから。

思いださせないで。
玲のあの声。冷たくて、意地悪で、甘い声。
滅多に見れない、あの優しい笑い顔。
僕の顎に添えられる、あの長い指。
その全部を、僕の中から掻き出してしまいたい今夜は。
でないと僕は死んでしまう。
窒息死してしまう。

玲への思いが身体じゅうに充満して――――きっと僕を、潰す。

3

「あれ、どうしたのこの子」

「なになに。可愛いじゃん。若いし。クスリ打った？」

「バカ。素人に静注なんかしねえよ。ちょっと水にまぜただけ」

「へへ、優しいッスねぇ。でも一応縛っておくか。ラリってるうちはいいんだけど」

なんの、話だろう。

声が耳に届き、それから脳が理解するまでに妙に時間がかかる。頭が痛くて重くて――気持ちが、悪い。

「ま、手だけでいいだろ。脚は開かせたいし。こっちは三人だしな」

誰かが僕の腕を引っ張っているのをぼんやりと感じる。これはもしかして、あまり嬉しくない状況なのかもしれない。

「や……め……」

「あ、気がついたのかな」

「うひゃー、肌スベスベ。上玉だぞこれホント」

なんとか目を開ける。眩《まぶ》しくてよく見えない。

煌々と明るい知らない部屋と、僕を見下ろしている影たち。僕はどうやらベッドの上で裸に剝かれているところらしい。

さっきのバーに居た男と、あとふたりの声。

ああそうか。

輪姦、されるんだ僕は。

「望くん、大人しくしてろよ？　乱暴なのはイヤだろう？　素直にしてれば無傷で帰してあげるからな」

「望くんて言うんだこの子」

「いい名前じゃんか。お望み通りに、ってか」

嘲笑が聞こえる。

僕はまだ頭の大部分が正常に作動していないみたいだ。つられて笑いそうになる。

「はん、笑ってら」

「ラリってんだなすっかり。おいカメラあったここ？」

「あるぞ。ビデオも用意しときゃよかったなぁ」

「ほーら、望くん、脚を開いてごらん？　可愛いマラを撮ってあげような」

三人の声が頭の中でウワンウワンと反響する。とても変な感じだ。

ああなに、写真？

いやだよそんなのは。そういうのやめてよ——

「こらこら。暴れるなよ？」

「——グッ、う」

鳩尾《みぞおち》に一発くらった。吐くかと思ったがなんとか堪えられた。胃がめちゃくちゃに痛くて、僕の意識が少し覚醒する。強いアルコールと変なクスリで粘膜が爛《ただ》れているんだ。

「オレら別に殴るの好きじゃないけどさ。慣れてるから躊躇はしないよ？　大人しくしといたほうが絶対イイって。気持ちよくしてやるし」

これはたぶん、僕を連れてきた男の声だ。名前すら覚えちゃいないけれど。

「見られながらヤるのが好きなんだろ？」

「え、そうなんだ望クン」

「なんだ淫乱なんじゃん」

違うよ。

玲に見られていなきゃダメなんだよ。わかってないなぁ。

玲じゃないと、ダメなんだってば。

玲じゃないと——やめて。触らないで——触るな——玲！

腕と脚に、神経が通る。狂ったようにもがきだした僕の爪が、ひとりの男の顔を引っ掻いたらしい。ぎゃ、と猿みたいな声の悲鳴がした。

ざまあみろ、と思った次の瞬間……今度は僕が悲鳴をあげる番だった。顔も、腹も、股間も、守りようがないまま――悲鳴をあげる隙も与えられず、サンドバッグのように殴られる。

意識が霞み始めた頃、ようやく暴力は止んだ。とりあえず、拳の暴力は。

「おい殴りすぎだよ、可愛い顔が変わっちまうって」

「抵抗すんなって言ったのになぁ」

「顔の血ィ、拭いてやれよ。ほれ、おいっ、まだこれからなんだから失神されちゃ困るんだよ」

遠くで声が聞こえる。僕はぼんやりとそれを聞いている。他人事みたいに。

「しゃぶってやるからサ、やる気出せよ？」

――切り離そう。

切り離そう心と体を。でないと保たない。こんな陵辱にまともに対抗できるほど、僕の心は強くない。

「………う」

「勃たねえなぁ。おい、アレ持ってきた？」

「ああ、ある。もう塗るか？」

「よしよし。ほら望くん、いい気持ちになれるぞ？　もっと腰あげて可愛いケツの穴見せてみ」

なにかぬるぬるしたものが、僕のそこに塗り込められた。身体を折るような体勢が苦しくて僕は呻く。

無遠慮に入り込んでくる指が奥深くまで侵入して、僕の弱い部分にまで届く。

ひくひくと、そこが勝手に痙攣してしまう。

「うん？　いいのか？　奥まで塗ってやるからな。スゲエぞこれは。熱くてたまんなくなる。ここを掻き回して欲しくて、自分でケツを振るようになる」

嗤い声がひりひりと痛む鼓膜に届く。

とても楽しいらしい。僕をいたぶるのは楽しいらしい。

「……は……」

ぞわりと虫が這うような感触に僕は身じろぐ。刺激物が入っているゼリーなのだろう。我慢しようのない掻痒感が僕を苛む。

「あ、ああ……あ……」

「痒いよなぁ、かわいそうに」

「これさ、腕の内側とかに塗っても、ムズムズしてたまんなくなるもんなァ」

「ほら、どうしたい？　どうして欲しいの、望くん」

痒い、痒い、掻いて、指を入れて。たぶんそんなことを口走った。誰かが僕の穴にずぶりと指を埋めてきたときには歓喜の声をあげた。熱と痒みを抱え込んだ僕の粘膜は、そこを刺激してくれるものが欲しくて欲しくて、気が狂いそうだった。

もっと、もっと、と尻を振った。

髪の毛を掴まれて顔を上げさせられ、怒張したペニスをくちびるに押し当てられ、素直に口を開けた。

ちゃんとしゃぶらないと、弄ってやらないぞと脅され、懸命にフェラチオした。

パシャパシャとシャッターの音がしている。間近なはずなのに、やはりそれも遠く感じた。

切り離せ
切り離せ――心はどこか遠くに
できることなら、玲のそばに。……せめて心だけでも。

そう思ったら、涙が流れてきた。

「泣き顔、いいねェ。綺麗に撮ってやるからな」

カメラが僕に送る視線は、ただの悪意だった。玲の熱い視線とはぜんぜん違う――

「もっと太いので掻いて欲しいだろ?」

その言葉が僕の背後から聞こえてきたとき、口の中には違う男のザーメンがぶちまけられていた。だから返事はできなかった。

僕は彼らの機嫌を損ねないように、ゴクリと精液を嚥下《えんげ》し、今度はカメラを持ったままの男のそれを銜え込んだ。

同時に後ろにも入れられた。

衝撃で身体が揺れて、喉の奥をペニスで突かれて吐きそうになる。

口と尻の両方に男のモノを突っ込まれていると、人間じゃなくなったみたいだ。

顔も身体も、いろんな体液でべとついて、僕は自分がぬるぬるした虫になったような気がした。

いったいいつまでこんな時間が続くのだろうと思いかけ——やがて考えるのをやめた。長い時間ほど、終わりを待つのは辛い。

ただのぬるぬる虫になって、犯されていよう。

頭の中を真っ白にして、聞こえる音の意味をぜんぶ遮断して。

「ああ、たまんねぇな」

「オレ、小便かけたいな。それも撮ろうぜ」

「ちょっと待ってろって、オレがイってからにしてくれよ……うあ、締まる……」

僕は緩く開いていた目を閉じた。

虫には目なんかいらないだろうから——

悪夢はできれば見たくないけど
現実に悪いことが起きるのに比べればずっとましだ。
僕はよく悪夢にうなされて泣きながら目を覚ますけど
最悪なのはそれが夢ではなくて現実なのだと悟る瞬間だ。

母さんが死んだ夢。

父さんが死んだ夢。

玲が僕を捨てる夢。

殴られて輪姦《まわ》される夢。

ああ、違ったの？　夢じゃなかったの？　これは現実なの？

どうして？　どうして？

泣きながら目を覚まして、また泣く。

起き抜けの無防備な心は、その悲しみを我慢できない。耐えられない。

どうして僕はいつもひとりでいなければならないのか。

「望くん」

「し……ろした、さん……」

僕は死ぬ思いで辿り着いた自分のアパートで、そのまま倒れていたらしい。

鍵をかける気力もなかったのだろう。

玲にふられた僕を心配し、様子を見に来てくれた城下さんが僕を見つけたときには、かなりひどい状態だったという。

痣《あざ》と傷だらけの身体、性的な陵辱による裂傷。心も体も悲鳴をあげて高熱を出していた。

「——ここ、病院……？」

「そう。心配しなくていい。おれのお客さんのやってる個人医院だよ。信用できる人だ。まだ警察には届けていないけど、望くんがそうしたいならちゃんと診断書も作ってくれる。……今はなにも考えないで、休みな」

「城下さん……玲には、言わないでね……」

警察なんかどうでもよかった。ただ、玲にこんなみっともない僕を知られるのは耐えられない。危機管理ひとつまともにできない、愚かな僕を知られたくない。

「――あいつはもう知ってる」

ちょっと困ったような声で城下さんが言う。

「さっきまでここにいたんだよ」

「うそ……」

最悪だ。僕はひどい顔をしているに違いない。ジンジンとそこらじゅう痛むから、きっと痣でまだらになっている。

「あんなに怒ってる玲治は初めて見たな……顔色は真っ青で、なのに目から火が出そうだった」

「僕が……バカな真似したから……」

「なに言ってんだい。違うよ。望くんをこんな目に遭わせた奴らと……それからたぶん城下さんが言い淀んだ。

「たぶん……?」

「たぶん自分自身に腹が立ったんだろ」

「なん——で？」

どうして玲が自分に怒りを感じる必要があるのか、僕にはわからない。

「眠ってる望くんを見ながら呟いてた。またた、まただ——って」

「どういう……意味？」

わからない。

僕は知らない。玲のことなにも知らない。

考えてみれば不思議だ。なにも知らないくせに——僕はどうして玲をこんなに欲するんだろう。

まるで、欠けた自分の一部のように。

「し、ろした、さん」

口の中が痛くて、あまり速くは喋れなかった。

「うん？」

「僕、写真を見つけたことがある……玲と、お母さんの」

城下さんは僕を見下ろしたまま、少し困った顔をする。

「破いてあって——それから、また貼ってあった」

「そう、か」

どこかで低く唸る空調の音。

消毒液の匂い。

「あの人は……玲のお母さんは、もしかしたらもう、亡くなっている?」

「ああ」

やっぱり、そうなんだ。

そんな予感はあった。僕の予感はいつでも、悪いときばかり当たるんだ。

「城下さんは、知ってるの? 玲のお母さん……」

「知ってるよ。あいつとは同郷だからな」

「玲のこと……昔のこと、話してくれる?」

城下さんの躊躇が、沈黙を作っている。僕は待っている。

僕の知らない玲の昔。もう取り返せない過去。

聞いてどうなるものでもないけど、知りたかった。

だって玲は、なんだかときどき、今の時間にいないみたいで——玲の後ろ髪を、過去の時間が引っ張って、連れて行ってしまいそうで、怖い。

「あいつはいつも失うんだ。大切にしているものを」

そこでひとつ息を吐くと、城下さんはパイプ椅子の背にギュウと寄りかかって続けた。

「まあ、百点満点の家庭なんかないよな。どこだって問題はあるもんだ。おれもゲイだって親にバレたときにゃ、殺されそうな勢いだったもんな」

城下さんのくちびるが、過去を手繰《たぐ》る。

「……玲治の場合は、母子家庭だったんだけど、お袋さんは優しい人だったよ。おれも子供の頃何度も会ってる。綺麗な人だった。玲治はお袋さん似なんだ」

子供の玲と、お母さん。

塗り潰された顔。破かれた過去。……それでも持っている写真。

「ただ、再婚してからはまずかった。おれらが中学に入った頃。それくらいからだよ玲治が荒《すさ》んできたのは」

「お母さんを、取られたと思って？」

「いや、そういうんじゃないと思う」

早い返事だった。

「いろいろ……オカシイ男だったらしい。玲治は、なにかされていたんだと思う。でもあいつは言わないし、おれも聞けなかった。あの家の中でなにが起こってたのか」

僕の胸に重い塊が落ちる。

「お袋さん、いたのにな……どうして玲治を助けてやれなかったのか——まあ、わかんないよな。他人の家庭の中ってのはさ」

中学生って言ったら、まだ子供だ。

他人を傷つけることはできる歳だけど、自分を守ることはなかなかできない。

だから親が守ってくれないとキツイ。

その親から傷つけられたら、子供はほとんど……ひとたまりもないと思う。

痛い。

外傷と、体中の骨と、筋肉。みしみし言う。それから心。

玲。

きみは、なにをされていたの。

誰もきみを守ってはくれなかったの。

僕は会いたい。

子供だった玲に会いたい。そしてきみを守りたかったよ。どだい、無理な話だけど、それでも今そう思わずにはいられない。

「首を」

城下さんが言いにくそうに言葉を一度止めた。

「え？」

「玲治には首を絞める癖があった。恋人を抱くときに」

セックスのときに、という意味なんだろう。僕は黙ったまま、城下さんを見た。まばたきをするだけでも目の横が痛い。けれど今の僕には、その痛みが救いだった。心の痛みを代弁するかのような身体の痛みがなかったら、叫びだしてしまいそうだったのだ。

「おれがまだアシスタントだった頃、玲治はたまたまおれの後輩とつきあってたんだ。そいつはいい奴だったよ。見た目は明るいんだけど、ちょっと脆《もろ》い部分があって、そのぶん優しかった」

「その人の首を？」

「ああ。もちろん、合意の上だ。どうしてそんなことになったのか、おれは知らないけどな。後輩は受け入れてたし、問題はないと思った。セックスの方法なんて、人それぞれだろう？　おれは玲治が冷静な奴だって知ってたし、信じてた」

首を絞める。

自分の下で恍惚の表情をする恋人の。

それってどんな気持ちなんだろう。僕にはわからない。

愛しいのか。憎いのか。

ただ想像できるのは、玲がそれを好んでやっていたのではないということだ。そうせずにはいられない。まるで一種の依存症のように。

……そんな気がした。

「つきあいだして一年したくらいで――その後輩が死にかけた。玲治は力の加減が効かなくなっていたらしい。救急車で運ばれて大事には至らなかったけど、玲治のほうが少しおかしくなっちまった」

城下さんの眉間に皺が寄る。

「しばらく心理カウンセリングに通ってたな。でも駄目だった。愛する誰かを抱けば、その相手を絞め殺してしまうという思い込みが玲治を苛んだ。そして勃起しなくなった。インポテンツってやつだよ。でも、死にかけた後輩は玲治と別れはしなかった」

ああ、それなら
「玲は、その人に、愛されていたんだね」

城下さんは黙って頷いた。

僕は自分が嫉妬していないことに、少し驚いた。玲の過去の恋人。玲が抱いた人。その存在に、僕はむしろ安堵していた。

かつて玲は愛されていた——かつて玲は愛していた。よかった。ずっとひとりだったわけじゃないんだ。

……でも、その人は今どうしているんだろう。

廊下を歩くナースシューズの音がする。

きゅ　きゅ　きゅ
「けど、そいつも、もういない」

城下さんの声がリノリウムの床に落ちる。

いない。もう、いない。

僕の大嫌いな言葉だ。もう、いない。

「玲治に抱いてもらえなくなって半年くらいしたとき、酔った勢いで他の男と寝たんだ。それが玲治にばれた。玲治は怒らなかったよ。勃たない自分が悪いんだからってな。仕方ないよ、と言ったそうだ……それがまずかった」

城下さんの声が濁る。

「後輩は、自分を責めない玲治を見て、必要以上に悔いた。自分自身を追い詰めて……ノイローゼになり」

あ

遠くで子供の声がする。

待合室から――かな

「結局は、自殺した」

ああ

子供、泣いている――注射が、痛かったのかな………

自殺。

そうか――その人は死んじゃったのか……

「それが二年前だ。それ以来、玲治は自分では誰も抱かなくなった。見るだけになった」

いくら強く握っても、掴めない水のように――大切なものはみんな、玲の手から零れていったんだ。

手の窪みから落ち、指のあいだからすり抜けて――

なくしてしまう。なにもかも。

なくしてしまう。これからも。

玲はそんなふうに思っているのだろうか。

「ごめんな。こんな話、今の望くんにすべきじゃなかった」

「平気だよ」

自分でも驚くくらい、滑らかに答えられた。本当に平気だと思えたんだ。

僕は平気。

心配なのは、玲。

「僕はね、城下さん。……しょうがないと思う。起こってしまった出来事や、死んでしまった人は、しょうがない。なにをしたって、時間は戻らない。僕の家族も死んだけど、戻らない。絶対に。悲しみはなくならない。ただゆっくりと――悲しみと暮らす方法を見つけていくしかないんだと思うんだ」

城下さんが驚いたようにこっちを見た。

「僕がダメなのは、現在進行形で起きる悲しみなんだ。それにただ流されていくのは、辛い。耐えられない。だから乱暴な方法でそこから逃げようとしちゃう。それで、今回みたいなバカな真似をしでかす」

「望くん」

「みんなに、迷惑かけちゃう……」

たくさん喋ったら、口の中の傷がまた開いて、鉛の味がした。

こんなふうに城下さんには言ってるけど、本当は夢見ることもある。時間を戻せたらと泣けてくる夜もある。

なくしてしまった大切な人たち。

家族との、擽ったいほどの、愛おしい時間。

けれどそれはもう、永遠に僕の手には戻らないのだ。

ほかの人たちが――家族や、恋人や、友人や、かけがえのない人をなんらかの事情で失ったほかの人たちが、いったいどうやってその先を生きていっているのか不思議だった。

激しい悲しみが去ったあとも、いつも身体が重かった。

悲しみは大きな石になって、僕の身体に沈んでいる。見えないその石は、とてつもなく重い。

みんなどうやってこれを抱えて生きているのかわからなかった。

今だってわからない。

だけど僕はその石と生きていくしかない。

生きるのをやめるまでは、それでも石を抱え、引きずって、生きていくしかないんだ。

城下さんが僕の頭を撫でてくれた。家族にするような、優しい触れ方だった。

「後輩が死んで以来、なるべく他人と距離をとってきた玲治にとって、望くんは計算外の存在になってた」

「計算外？」

「望くんを他の男に抱かせるのが、だんだん辛くなってきたんだろうな。でも、自分で抱くのは怖いんだ――寒くない？」

ずり落ちてしまっている毛布を、僕の肩を隠すようにかけ直してくれる。城下さんから、シャンプーかなにかのいい匂いがした。

「愛したら、抱いたら……死んでしまう。あいつにはそんな馬鹿げた呪いがかかってる。呪いをかけられたままのお姫様なんだよ、あいつは」

「お姫様って、すごいな」

僕たちは微笑《わら》った。

そしたら涙がぼろぼろ落ちてきて、切れた口の端にチリリとしみた。

「城下さん――」

「うん？」

「僕、玲に会いたい……すぐに会いたい」

今にも起き上がりそうな僕を押しとどめて、城下さんは明日には玲をここに連れてくると約束してくれた。

ちょうどそのとき、看護婦さんが病室に入ってきて、城下さんは軽く手を振って帰っていく。

目覚めた時にひとりではなかったことを、僕はとても感謝していた。城下さんが帰ってしばらくしてから、病室の隅に着替えやタオルの入った紙袋を見つけた。

どれも、玲の家で、僕が使っていたものだった。

柔軟剤の香りがするタオルに顔を埋めて、僕は少し泣いた。

……明日会ったら、なんて言おう？

玲になんて言おう？

僕がどれだけ玲を必要としているかを、それがどんな玲であっても絶対に必要なのだということを、うまく言えるだろうか。

そして玲はなんて言うだろうか。

ときどき見せる、あの優しい笑顔を僕にまたくれるだろうか………

その事件は、新聞の三面に小さく載った。

東京都新宿区、深夜のバーで起きた喧嘩沙汰。三人組に摑みかかったひとりの男は、ナイフを持っていた。たいした刃渡りもなかったナイフは、揉みあううちにひとりの男の首を掻き切る。動脈が傷つき、刺された男は大出血した。

三人のうち、残り二人は逃げた。追おうとした血まみれの男を店の人たちが取り押さえた。

返り血を浴びた彼は無表情で、それがかえって怖かったそうだ。


首から血を吹き出している男を見下ろして、彼は再びナイフを上げた。

彼を取り押さえていた人たちも恐ろしくて、思わず後ろに下がった。

彼は……玲、は
ナイフで
自分の目を突いた。
右も左も。

――僕は玲に会えなくなってしまった。

※

あれからまた春が巡ってきた。

懸念だった検査結果も陰性で、傷も癒え、僕は普通に生活している。大学でうたた寝まじりに授業を受けたり、コンビニでのアルバイトに精を出したりしている。

桜の蕾が色づき、やがて綻ぶ様子を日々確かめながら街を歩く。これといった波のない日常がすぎていく。

あの頃の出来事が嘘みたいに思える。

幻のようにも、思える。

けれど決してそうではないことも、僕は同時に知っている。

裁判には僕も証人として立ち会った。奴らの持っていた写真は、傷害および強制猥褻の証拠として充分だった。

それにしても、男には強姦罪が成立しないなんて僕は初めて知って、思わず失笑した。どうしてあれが強姦ではないのだろう？　突っ込まれる場所が違うだけじゃないか。

玲に下った判決は傷害致死、だった。

恋人だった僕を暴行した男を見つけ、激昂してナイフを振り上げたが殺す気はなかった――

弁護側の言い分が通ったのだ。殺人と傷害致死では、かなり罪の重さが違うという。

検察側から「殺意があったんだろう」と詰め寄られたとき、玲は静かに
「……覚えていないんです」

そう答えた。

それが本当かどうなのかは、玲だけが知っている。

玲は終始、静かだった。顔の半分を包帯で覆い、静謐《せいひつ》な佇《たたず》まいで被告人席に立っていた。判決文が読み上げられた瞬間も、ぴくりとも動かなかった。


未決のあいだ、僕は拘置所にいる玲に、何通も手紙を書いた。もちろん面会にも行ったけれど、玲は会ってくれなかったのだ。

手紙は玲には読めないけれど、誰かが代わりに読んでくれるかもしれない。

読んでくれなくても構わない。とにかく僕は手紙を書いた。ほとんど毎日書いた。バカみたいに、書き続けた。

城下さんが面会に行ったとき、玲に伝言されたそうだ。

「もう手紙を書くな」

と。僕は笑ってしまった。

そんなこと言っても無駄だよ。僕はまるで日記のように手紙を書き続けた。

あの写真も送った。

セロテープの凸凹《おうとつ》で、玲にもすぐ何なのかわかるだろう。なんとなく、あの写真は玲のそばにあったほうがいいような気がしたのだ。それから、最近の僕の写真も送った。これは平坦だから玲にはなにが写っているのかもわからない。でも写真の僕は笑っている。カメラレンズの向こうに、玲を思って微笑んだ。

城下さんが最後の面会に行ったときには、僕も伝言を頼んだ。

刑が確定して受刑者になったら、家族ではない僕や城下さんはもう玲には会えないし、手紙も書けない。だから最後のチャンスだった。

「僕はいつまでも玲を待っている。絶対に待っている。約束するから……忘れないで」

それが僕の伝えたいすべてだった。

ほかのことは、玲が戻ってきてから始めればいいのだ。


……ときどき考える。

玲はなぜ、自分の目を潰したりしたんだろうと。

僕は玲の目が大好きだった。あの食い込むほどの熱量を持った視線が。でも玲自身は、あんな方法でしか僕を抱けない自分を嫌悪していたのかもしれない。

そう、たぶん、玲は自分を憎んでいる。

いいよ、いくら憎んでも。そのぶん僕が玲を愛そう。

玲がいくら自分を壊そうとしても、壊しても、そのそばから僕が何度でも組立て直す。

たとえそれが永遠の作業だとしても、べつに構わない。僕にとっては、それが誰かを愛するということなのだと思う。


たぶん玲は、僕と自分をぜんぜん別の人間だと思っているんだろう。それは、そうなのかもしれない。僕たちは歳も違う。生まれた場所も、育ち方も。

僕は自分の家族の話を玲にしたことがなかった。玲もほとんどしなかったから。本当に僕たちはお互いのことをなにも知らなかった。それでもこんなに惹かれあった。

こんなふうに言ったら怒られるかな。

ねえ、玲。僕たちは似ている。とても似ている。

大切なものを失くして、それを繰り返すのを恐れている。だから玲は僕を抱けなかった。

でもね、玲。僕は知っているんだ。

どんなに辛いことがあっても、離しちゃいけない手があるんだよ。いつかは死んでしまう運命にある僕らは、見つけた手はしっかり握っていなきゃいけないんだよ。

たとえナイフで裂け目を入れられたって、流れ出る血糊が、また僕らの手を貼り合わせる。

あと数年したら、僕らが再び会える日がやって来る。

そこから少しずつ始めよう。

視線はもういらない。
きみの目は僕をもう見ない。世界のなにもかもを、見ない。
それでも僕はきみのそばにいるし、世界は必ずそこにある。
玲、きみがまだ怯えるのなら、最初は小指の先から始めよう。
ゆっくりと、
ゆっくりと。
きっといつか抱き合える日が来る。
絶対に来る。

今はこんな――遠い僕ら。
でもきみの視線は今でも僕にはりついたまま、その熱を持続しているよ。
だから僕はそれを頼りにきみを待つ。いつまでも待つ。僕の約束を甘く見ちゃいけない。これでもすごくしつこい性質なんだ。

玲。
たとえ明日が世界の終わりでも、
僕はきみを待ち続けている。

約束

CROSS NOVELS

I

『今年の夏、貴女にドラマチックな恋愛を提言する――』

そのくだらない煽り文句は、店で定期購入している女性誌の表紙に印刷されていた。

提言されてできるようなもんじゃないだろ、恋愛ってのは……城下《しろした》あきらがそう思ったのと同時に、鏡の中の女性客が雑誌を手に取る。

「あーあぁ、ドラマチックな恋、したいなぁ」

クロスをかけ、頭にタオルを巻いた彼女はまだ二十《はたち》になったばかりで、今日が二度目の来店だ。名前は森野果歩《もりのかほ》、小柄だが、なかなか顔立ちの整った大学生である。前回は少しのカットとカラー、今回はパーマをかけて大胆にイメチェンしたいと言う。つまりこの店と城下は、果歩の信頼を得たわけだ。美容室の乱立する東京では客の目はとてもシビアで、フィーリングが合わないと思われたらすぐ店を換えられてしまう。

「ドラマチックな恋、ねぇ。たとえばどんなのがドラマチックなの？」

タオルを外し、全体にブラシを入れながら城下はそう聞いた。

女性客の多くは恋愛話が大好きだ。客がリラックスできるように、好みの話題につきあうのも、美容師の大切な仕事である。

「ふふ、たとえば美容師さんとの恋なんかもドラマチックかもー」

冗談なのか、半分くらいは本気なのか、いずれにせよ城下は口元だけで笑い返す。それは無理だよ、と心の中で呟きながら。

「地味だよ、美容師との恋愛は。休みは少ないし、仕事は早くから遅くまでだからデートするヒマもない」

「えー、城下さんくらい有名な人でもそうなのー?」

「有名ってほどでもないけど、忙しくさせていただいてますよー。雑誌のヘアメイクとかは半日仕事になっちゃうしねぇ」

ふうん、と果歩は上目遣いで城下を見る。

視線で誘われるのには慣れている城下は、さりげなくそれを無視した。お客に手を出す気はないし、それ以前に城下は同性愛者なので女性は恋愛対象にならないのだ。

「城下さん何歳でしたっけー」

「それがねぇ。気がつけば三十二歳……」

「えっ、見えない。まだ二十代かと思ってたー」

慰めの口ぶりではなく、本気で言ってくれているようだった。

「いやー、やっぱりお肌の張りがねぇ」

そう返したのは冗談だが、城下が自分の年齢を感じ始めているのは本当だった。

美容師には年齢不詳な連中が多く、城下もその中のひとりと言える。数年前までは伸ばしていた髪も今はかなり短くし、流行を意識して顎髭など蓄えてみた。評判は悪くない。

左耳だけにリングピアスを入れ、身体にフィットした黒いだけのTシャツにいい感じによれてきたジーンズをはいている。最近腕時計に懲り始めて、今日はブライトリングをつけている。二十八、九なら充分通用しそうだ。

若く見せることは、職業上の戦略でもある。

オジサンくさい美容師では指名は取れない。外見も気持ちも若いつもりだった城下だが、最近は夜中までかかった撮影の翌日など、疲れが取れにくいのを自覚していた。内側からじわじわと歳を取っているんだなぁと、いやな気分になる。

「果歩ちゃんなんか僕より十以上も若いんだから、どんどんドラマチックな恋をすればいいじゃない。大学にカッコイイ子はいないの？」

「いませんてー。大学生なんて子供だし」

大袈裟なため息をついて答える果歩は、年上好みなのかもしれない。前回の来店のときに話題に上がった好きなタレントも、ずいぶんと渋い人選だった。

「だいたい、小綺麗で可愛い系の男には興味ないの。うちのお兄ちゃんがそういうタイプだから、見慣れちゃっててときめかないんだもん」

「へえ、お兄ちゃん、可愛い系なんだ？」

もつれがちな髪をやっと解き終えて、城下はカットの準備に入る。果歩の髪はカラーを繰り返したせいでかなり傷んでいた。

「だってね城下さん、男なのにあたしと顔そっくりなんだよ。チョー女顔っしょ」

「それは、チョー女顔っスね」

少しふざけてそんなふうに返事をすると、果歩の顔色がサッと赤くなる。子供っぽい言葉遣いだという自覚はあるらしい。城下はすかさずフォローに入った。

「でも果歩ちゃんこれだけ可愛いのに、男でこの顔だったらいろいろジレンマだろうね」

「うん、気にしてるみたい。しかも開き直るような明るい性格じゃないしね。真面目で優しいんだけど、なぁんか暗いのよお兄ちゃん。中学の先生なの」

「うわ、一番難しい年頃じゃない。生徒に舐められたりしないのかな」

「それがそうでもないらしいから不思議。最近は結構人気あるらしいんだー。あたしなんか、お兄ちゃんがイジメに遭っちゃったら助けにいかなきゃとか思ってたのに」

まんざら冗談でもなさそうな口調で言う。

はきはきして行動力のありそうな果歩なら、本当にやるかもしれないなと城下は微笑んだ。こんなふうに話題に出すくらいなのだから、兄妹仲はよいのだろう。

「そんなお兄ちゃんの近くで育ったから、あたしの理想はカッコイイ系で、ちょっと危険な魅力のある人なのー。そんな人とドラマチックな恋がしたいなぁ、命がけの恋とかいいよねぇ」

いや、大変だよ命がけの恋は……

城下はそのセリフを胸に留める。言ったら最後、お喋《しゃべ》り好きな果歩の厳しい追及に遭うのはわかりきっていた。それに、その命がけの恋は城下自身の経験ではない。

城下の、一番親しい友人の――今は獄中にいる友人の、恋だ。

あの事件から、もう六年がすぎている。

「果歩ちゃん。よかったら、今度お兄さんも連れておいでよ」

「えー、お兄ちゃん顔は可愛いけどちっともオシャレじゃないから、このお店に来たら緊張しまくりだと思うー。有名美容師さんなんかに会ったら、震えちゃうんじゃないかなぁ」

「なぁに言ってるの。近所の床屋と同じ気持ちで来てくれればいいんだよ……あー、まあ、床屋よりは料金が高いけど」

そう言うと、果歩が鈴の音のような声で笑った。

約三時間後、ほぼ希望通りのスタイルができあがる。傷んだ髪になかなか薬液が浸透せず、時間が予定よりかかってしまったのを城下は詫びたが、果歩は満足そうだった。帰り際、「お兄さんに」と店の初回来店割引券を渡しておいた。

もっとも、果歩の兄の来店に、城下自身たいした期待はしていない。確かに中学校の先生がわざわざ青山に髪を切りに来るとも思えない。変な下心があって連れてこいと言ったわけでもなく、単なる営業の一環だ。

だいたい、可愛いとか綺麗とか、あくまで身内の言である。かなり贔屓目《ひいきめ》になっていると考えるのが普通だろう。会ってみれば「ああ、この程度ね」と思う場合がままあるのだ。芸能界でもあるまいし、一般人の中にそうそう美形は転がっていない。

ただし――獄中にいる城下の親友は掛け値なしの美貌だった。

今は違うだろう。自分の目にナイフを突き立てた彼の顔には傷跡が残っているはずである。もう何年も会っていないのでその程度はわからない。

身元引受人の話だと、左目の視力は僅かに回復しているそうだ。

もっとも、明るいところでだけ、おおまかなアウトラインが判別できる程度の回復だという。それでも全盲よりはだいぶいい。

残りの刑期を終えたあと、彼はどうするのだろうか。

彼をずっと待っている恋人のもとに帰るのだろうか。

彼の恋人……望《のぞみ》にも最近あまり会っていない。

ここ数年でずいぶん男を取っ替え引っ替えしている城下は、獄中の恋人をじっと待っている望にどうも会いづらいのだ。城下がどういう生活を送ろうと望には関係のないことだし、実際にその乱れぶりを知ったところで、静かに笑うだけだろう。城下に説教をたれるような男ではないし、だいたい歳だって七つも下なのだ。

たぶん、会いづらいのは城下の気持ちの問題である。

心のどこかで今の自分を嫌っているのかもしれない。一夜だけの快楽。一晩限りの睦言。面倒がないぶん、底の浅いつきあいだ。

それなら決まった恋人を作ればいいのだが、とてもじゃないがそんな暇はない。今の店は総勢十五人のスタッフを抱えているが、店長のすぐ下に位置するのが城下であり、売上の比率も大きい。だが最近は若いスタッフがどんどん腕を上げ、顧客の数も増やしている。

あからさまな客の奪い合いはないものの、城下が休日を取った日にたまたま顧客が現れれば、客はそのまま別の担当者に流れるケースもままある。

プレッシャーを日々感じ、肩の力を抜くのが難しくなっている。

そんな精神状態のときに、凪いだ湖畔の水面を思わせる望に会うのはきつい。

望はずいぶん変わった。

幼い印象が抜け、上半身はとても柔らかく、だが足はしっかり地面を踏みしめている……そんな雰囲気の青年になった。

そして揺るぎない意志で、恋人の出所を待っているのだ。

彼らに比べたら、城下は安泰な生活を送っている。刃傷沙汰とも縁がないし、給料も昔に比べたらずいぶんよくなった。ブライトリングを買うのも、そう痛い出費ではない。マンションも、恵比寿の閑静な場所に独り暮らしには充分すぎる広さで借りている。

今の城下にないものは、決まった恋人くらいなものだ。

ひとりに決めるほど固執できる相手に、もう何年も出会っていない。出会わなくともセックスに不自由はしていないし、城下はドラマチックな恋を欲しがるタイプでもなかった。激しすぎる想いが導いた、ある意味最悪なケースを知っているだけに、自分が軽佻浮薄《けいちょうふはく》な性格でよかったとすら思っていたのだ。

彼が――果歩の兄が本当に来たとき、城下は少しだけ驚いた。

その日は夏の嵐が到来しており、台風一歩手前の低気圧は店の重い立て看板を吹き飛ばしそうな勢いだった。朝からキャンセルの電話も何本か入っている。

天候ばかりはいかんともし難い。スタッフですら電車が遅れて遅刻する始末だ。

「こんなヒマなの何カ月ぶりかなァ」

アシスタントのひとりがそう呟いた。

車で来られる顧客だけがパラパラと入り、店内はいつもよりずっとゆったりした雰囲気になっていた。もっともガラス窓を叩く雨はずいぶんとやかましく、ＢＧＭは少し大きめにしなければならない。

午後六時半、風は少し治まってきたものの、雨は相変わらずだった。

「いらっしゃいませ」

ホストクラブで働いているという常連客の仕上げをしていた城下は、受付の声に軽く振り返る。このあと予約が入っているのは自分だとわかっていたからだ。名前までは思いだせないが、新規の客のはずだった。か細い声が聞こえてくる。

「こ……こんに、ちは」

新聞配達。

城下の頭に最初に浮かんだ言葉がそれだ。

いつだったか、撮影明けに未明まで深酒した翌朝……小雨の中、四時前にマンションの前で見かけた新聞配達員がちょうどこんな格好だった。

フードのついた、黒い雨ガッパ。

ポンチョのような形をしており、膝あたりまで丈がある。昨今ちょっと珍しいレインウェアだ。鏡の中でホストくんが「おやおや」というように苦笑している。

受付担当はまだ新人で、ずぶ濡れの客とどう対応したらいいのかわからないらしい。通常ならば、最初に上着を預かるのだが、あのカッパをクローゼットに入れては、他の客の上着がびしょ濡れになってしまう。

ええと、ええと、と戸惑う受付を見ていられずに、城下はホストくんに少々お待ちくださいと声をかけてカット面を離れた。

「いらっしゃいませ。ご予約のお客様でございますね？」

「は……はい」

「お名前いただけますか？」

「森野と申します」

そこでようやく、城下は客の顔を見た。おずおずとフードを取り、現れた顔を見て気がつく。

「果歩ちゃんの、お兄さん？」

「ええ」

なるほど、これは本当に似ている。

前髪が重い上に俯きがちなため、目元はよくわからないのだが小振りな鼻や細い顎など、共通項が多い。これで女性だったらもっとそっくりだったろう。

「よくいらっしゃいました。どうぞ、レインコートをお預かりしますので」

城下は自分の服が濡れるのも構わず、丁寧に雨ガッパを受け取る。

森野は薄青いポロシャツに、ダブついたコットンパンツをはいている。ポロシャツの裾はきちんとウエストにしまってあり、滑稽なほど真面目な印象があった。

さて髪はどんな具合だろうと観察する。

焦げ茶色の頭だった。ヘアダイではなく、地毛の色素がやや薄目なのだ。何カ月かカットを怠っているらしく、半端に伸びている上に猫っ毛である。雨の湿気を含んで、ぼわん、と広がってしまっていた。

「申し訳ありませんが、こちらで少々お待ちください」

ウェイティングコーナーへ案内した城下に、コクンと頷《うなず》く。

背はそう高くない。百六十五センチほどだろうか。椅子に腰掛けても身体の緊張が解けず、妙に姿勢がよくて少し可笑《おか》しいが、もちろん誰も笑ったりはしない。ホストくん以外は。

城下はカット面に戻りながらアシスタントにカッパを渡し、「バックヤードで乾かしておいて」と指示を与える。ホストくんの髪をマットワックスで整え、送り出すあいだ、森野はご来店カードを書かされていた。

「お待たせしました森野さま」

城下は森野をカット面に誘導する。シャンプーの前にスタイルの相談をするのだ。

森野は黙って椅子に腰掛け、鏡を見ようとしない。

「いつも果歩ちゃんにはお世話になっています」

「いえ。こちらこそ」

返事はするものの、城下を見ようともしない。どうやら自分の意志で来たわけではなさそうだ。その頭をなんとかしなさいよ……妹にそう尻を叩かれたといったところだろう。

あまり喋りたがらない客というのは一定数いる。そういうタイプの客に対しては、城下も必要以上のおしゃべりは控えるようにしているが、どんな髪型にするかだけは聞かないわけにもいかない。

「さてと。結構、切ってませんよね？」

髪質を確認するために耳の横の一房を手に取ると、森野はピクリと反応した。

ははあ、これは床屋や美容室のダメなタイプだなと察する。たとえ美容師や、医者ですらも、知らない相手に触れられるのが苦手な人というのは結構いるものだ。単に擽《くすぐ》ったくて苦手だったり、触られると緊張するなど、人によって理由もいろいろだ。徐々に慣れるケースが多いので、城下も普通に接するように心がけている。

「思いきって短くしちゃいますか？」

フェイスラインを出したほうが似合うと思った城下の提案を、森野は「いえ」と短く却下した。

そしてやっと視線を上げて
「顔が、幼いので……あまり短いのは困るんです」

「どれどれ」

城下は森野の重たい前髪を大きな手のひらでサッと上げて、額を全開にした。森野が小さく
「あっ」

と声を漏らし、身体を固くする。

「――――もったいない」

しばらく鏡を見つめて、城下はそう言った。

綺麗な目と、眉と、額だった。

「コ、コンプレックスなんです。子供の頃に女みたいだってさんざん虐《いじ》められて」

「子供の頃って、いくつくらい？　中学生とか？」

「小学校の中頃くらいまで……」

森野の額から手を離し、城下は明るい接客用の笑顔を見せた。

「そんな昔のことを気にしてるんですか？　今はもうきちんと男性の骨格になってますよ。ただ、普通より綺麗なバランスと、瞳を持ってるだけです。黒目が大きいから、すごくピュアな雰囲気がありますね。眉の形も綺麗だけど、女性的ではありません」

「……そ……でも、今でも、女性的って言われることはあります。妹に、そっくりだし」

「逆でしょ。果歩ちゃんが森野さんに……ええと、悠一《ゆういち》さんに似てるんです」

そして客観的に見れば、悠一のほうがより洗練された美しさを持っていた。

目鼻の位置の問題だろう。果歩の方がやや目が離れていて、同時にそれは彼女の愛嬌にも繋がっている。悠一はバランスのいいぶん、とっつきにくい印象があった。

「女性っぽく思われているなら、そりゃ顔を隠そうとしているからですよ。男ならパシッとオデコ見せて！　そのほうが生徒さんの評判もよくなるんじゃないかな」

「……生徒に………」

自分の前髪を引っ張りながら、悠一はか細い声を出す。

「はい？」

「生徒に言われたんです……身だしなみ指導で、前髪が長すぎるって注意したら、先生だってかなり前髪ウゼーじゃん、って……」

なるほど、それが来店の直接の理由なのかと城下は納得した。

「そりゃあ生徒が正しいですねぇ。先生はお手本にならなきゃいけないんでしょう？」

「それは……そうですけど……短くしたら、変、じゃないですか？」

「似合います」

きっぱりと言った。城下の頭の中にはすでに仕上がりのスタイルが浮かんでいる。

「前髪がないと不安なら、梳《す》いて軽くしてから、サイドに流しましょう。分けめの根元だけに軽いパーマをかければ自然に流れていきます。後ろは刈り上げず、でも鬱陶しくないように細かい段で襟足に繋げます。短いって言っても、僕ほど短くはならないから大丈夫」

こんな感じかな、とヘアカタログを広げて見せる。特に奇抜なわけではなく、万人受けするスタイルだ。教師でもOKだろう。それをのぞき込んだ悠一は、少しのあいだ考え、やがてコクンと頷いた。

「それでは、シャンプーからどうぞ」

悠一はぎこちなく立ち上がり、アシスタントの女の子によってシャンプーブースへ導かれていく。その移動とともに、古いスニーカーの靴跡が店の床に残った。雨の中来たのだから仕方がない。玄関マットで靴裏を拭くような余裕はなかったのだろう。

だが自分が床を汚していると気がついた悠一は、慌てて「ごめんなさい」と謝る。アシスタントが気にしないでくださいとフォローしても、何度も振り返って汚してしまった床を見る。人工大理石の洒落た床に靴跡はとても目だつのだ。硬くて足腰が疲れるので、スタッフからはあまり評判のよくない床だった。

気にしながら進んでいく細い後ろ姿を見ながら、城下はごく薄く微笑んだ。

2

城下は自らの希望で美容師になったのだが、では逆になりたくなかった職業を尋ねられた場合、一番に浮かぶのは『教師』だった。理由はいくらでもある。

まず、子供は好きじゃない。

人にものを教えるのも苦手だ。責任感も強くはない。朝は遅い方がいい。規律より自由、道徳より不謹慎を愛する。そもそも自分が学生時代、学校などちっとも好きではなかった。

従って、城下は学校の先生だという人物を見ると「へぇー」と思う。

その「へぇー」はいくつかの感情がまじっていて、もしその人物が高飛車で鼻持ちならないヤツだったならば、「あんたみたいな教師ばっかだから、まともなガキが育たないんだよ」とむかつくだろう。逆に人徳のある人だったなら「あんな大変な仕事を、決して高くはない給料でやってるんだから偉いよなぁ。おれもこんな先生に教わっていればなぁ」と素直に感心するのだ。

そして、森野悠一という中学教師を知ったときは「こんなんで、大丈夫なのか？」というのが正直な感想だった。真面目で、生徒思いだというのは伝わってくるが、いかんせん線が細すぎる。

中学生といえば、躾《しつけ》されていない犬より始末の悪い年頃だ。自分の中高時代を思いだしても、やはりどうしようもないガキだった。

「悠一さんは、なにを教えてるの？」

「……現代国語、です」

「やっぱり今でも、屋上で煙草吸っちゃう生徒とかいるんですか？」

「うちの学校の屋上は、立ち入り禁止で鍵がかかってますから……」

二度目の来店のときは、口数もそこそこ増えた。

前回は肩に力が入ったまま、ほとんど黙っていたのだ。緊張しているのがよく伝わってきたので、城下も黙々と仕事に徹した。話しかけることがリラックスに繋がらない客もいる。

仕上がりは、我ながら会心の出来だった。

店が暇だったせいもあるが、アシスタントや受付係まで森野の周りに集まり、おべっか抜きで褒めそやしたのだ。『暗くて地味』という印象が『静謐《せいひつ》で上品』までに改変されたのである。髪型ひとつで変わるのは、なにも女性だけではないのだ。

「ひと月に一度は、調整カットに来てくださいね」

城下のその言葉に、森野は無言で頷いた。そして、まさしく一カ月後の日曜日に予約を入れてきたのである。その律儀さがなにやら可愛くも感じられ、城下は自分の昼休みを削って森下の予約を受けた。

「髪型変えて、生徒たちなんか言ってました？」

「それが」

森下の瞳がきらっ、と輝く。

初めての表情に、一瞬城下の鋏《はさみ》は止まってしまった。

「それが、あの、すごく好評で」

恥ずかしそうに視線をあちこちに動かし、最後にやっと城下を見る。悠一の頬がほんのり紅潮していた。

「男子は、まあフーンって感じなんですけど、女子たちはいつも僕とは話さないような子まで寄ってきて……『ティアーズ』の城下さんに切ってもらったって言ったら、すごい羨ましがられちゃって……あの、城下さんって、本当に有名なんですね」

「いやァ、そんな有名ってわけじゃないけど」

城下までつられて赤くなりそうになり、少し慌てた。

「僕なんかはテレビに出てるわけでもないし。それに、中学生が読むような雑誌では仕事してないんですけどねぇ」

わざと軽薄な口調にして自分を落ちつかせる。こんなふうに持ち上げられることはよくあるのに、受け流すのにいつもより努力が必要だった。

「ほら、お姉さんのいる子なんかは、いろんな雑誌読むんですよ。だから知っていたんじゃないかな……ちょっとワルっぽいハンサムな人でしょ、なんて言ってたから……顔も、ちゃんとわかってるみたいでした」

おやおや、つまりあなたはおれのことをちょっとワルっぽいけどハンサムだと思ってくれているわけですか――城下は鏡の中にいる濡れ髪の悠一を見つめた。するとまたすぐに目を逸《そ》らされてしまう。

その仕草に、城下の中の好奇心がむくりと頭を擡《もた》げる。

「僕も嬉しいですよ、生徒さんに好評で」

面白そうなゲームを見つけたときの子供は、こんな気持ちなんじゃないだろうか。わくわくして、血の巡りまでよくなったような気分だ。

「悠一さんは、人気のある先生なんですね」

「そんなんじゃ、ないです。僕よりずっと経験があって、頼りになる先生がいっぱいいらっしゃいますから……僕なんかまだ若いし、彼らにとっては友達感覚とか……その程度で」

予想を越える真面目な受け答えが帰ってきて、城下は笑い出しそうになった。今時こんな人もいるんだなぁと、感心するよりは心配になるほどだ。こんなんじゃ生徒にいいように舐められてしまうのではないだろうか。果歩は「それが結構、人気者みたい」と言っていたが、どういう人気なのかが問題である。

「でも、今の中学生に友達と思ってもらえたら、上等じゃないですか。教師の言うことなんか、無視するような世代でしょう?」

「はい。僕もよく、無視されます。――やっぱり、うち解けてくれない子は何人かいます」

なるほど、無視されちゃうんですね……そこは口に出さないまま、耳の上を注意深くカットする。城下の指が触れるたびに、悠一は擽ったいのを我慢する顔をする。

無垢な印象の悠一がそんな顔をすると、妙な色香があった。

「いるんだ、やっぱり」

わざと耳の近くで、囁くように言った。

我慢しきれなかったのだろう、悠一はピクンと肩を竦《すく》める。

「そ…うですね、います」

「そんな場合はどうするんですか？　無視されたらアプローチのしようがないでしょう？」

「何度も、声をかけるだけです。無視されたからと言ってこっちも無視するわけにはいきませんから。うぜぇ、とか言われますけど……まあ、それは、慣れます。あの年頃は言葉と心が、うまく結びついていないんだと思うんです」

おっと教育論が始まっちゃったなと、城下は閉口した。城下自身、心と言葉がうまく結びつかないまま育ったクチなので、難しい話はご免だった。もちろん顔には出さずに

「なるほどねぇ。とても僕には先生なんてできないなぁ」

そう軽く流そうとする。すると悠一が

「でも、僕にも美容師さんはできないし」

と小さく返した。

「すごいお仕事だと思います。僕、生徒にイケてるじゃんなんて言われたの初めてだったから……本当に、嬉しかったんです」

言い終わり、照れたように視線を膝の上に落とす。城下もここまであからさまに感謝されるのは滅多にないので、咄嗟に言葉が返せなかった。とりあえず「ありがとうございます」とは言ったものの、微妙に調子が狂ってしまい、そのあとはふたりとも静かなままだった。

不思議だったのは、その沈黙すら、気まずくはなかったことだ。

悠一は喋らなくなった城下の仕事ぶりを、鏡の中から熱心に見ていた。アシスタントが雑誌を持ってきても、礼は言うものの開こうとはしない。城下のカットを、魔法を見るような目でじっと見つめ、だがその視線は決してきついものではなかった。

城下もまた、気持ちよく仕事ができたのだ。


あんなタイプとつきあってみるのも面白いんじゃないか――

そう考えるまでに、たいした日数はかからなかった。二回目の来店のときに、顧客名簿から電話番号を調べて、悠一に電話をかける。

「実は、僕の姪が中学生なんですけど、最近学校に行きたがらなくて……両親もすっかり憔悴《しょうすい》しちゃってましてね」

悠一が断れない誘い文句を考えるのは容易《たやす》かった。

「相談に、乗ってもらえませんか」

『あの……僕なんかでよければ』

行きつけのゲイバーの前で、携帯電話を持ったまま城下は口元を綻《ほころ》ばせる。楽勝すぎてもう少し手応えが欲しいくらいだった。

次の火曜の夜に約束をし、互いの携帯番号とメールアドレスを交換する。悠一は滅多にメール交換をしないらしく、自分のアドレスを思いだすのに一苦労していた。

「なに、あきらさんご機嫌ジャン」

携帯をたたんだところで、店に着いたばかりの顔なじみの青年に声をかけられた。

薄い生地のタンクトップにバミューダパンツをはいた彼は城下より年下で、二十代半ば……つまり悠一とそう変わらないくらいだと思われる。仲間内ではコウと呼ばれているが、本名かどうかは知らない。

「ん。ちょっと、な」

「電話しながらにやついてたよ〜。放浪の旅も終わりそうなわけ？」

放浪の旅とは、つまり城下があちこちの男を渡り歩く様を指している。もっとクチの悪いオネエには「あんたみたいな食いしん坊バンザイはサイテーだわよ」などとからかわれたこともあった。言い得て妙なのでその場のみんなに笑われてしまった。

「さて、どうなるかねぇ。ノンケっぽいんだけど」

「やべ、あきらさん眼が肉食獣だよ。ノンケ食い散らかすと、あとでトラブるかもよ～」

コウの言葉に、城下は苦笑しながら煙草に火を付ける。

「それはないと思う。すごくウブいしなァ」

「ウブいからヤバイんじゃん。あんま泣かせちゃダメだよ」

そんなふうに言いながら、店のドアを開けかけた城下に意味ありげに身体をすり寄せてくる。

「なに。おまえも泣きたいの？」

「おれはウブくねーもん。誰かさんに泣かされたいな」

コウのもの欲しげな視線は以前から感じ取っていたし、悪い気分でもなかった。城下は再びドアを閉めて店には戻らず、コウの肩を抱いたまま歩きだす。いつも使っているホテルに空室があればいいんだけど――そう考えると同時に、悠一の聖職者めいた顔が浮かぶ。

自分がこんな男だと知ったら、悠一はなんて言うだろう。

不潔だと言うだろうか。あの性格ならば、同性愛自体を否定はしないだろう。だが誰とでも寝るような男は、悠一の許容範囲を越えているはずだ。

そんな男を落とすことに、城下は嗜虐的《しぎゃくてき》な楽しみを見いだしていた。

約束の火曜日、待ち合わせのカフェに城下が到着したのが約束の五分前、そして悠一はすでに来ていた。

きっと時間厳守なんだろうなと思っていたが、まったくその通りだった。

試しに城下は少しだけ遅れてみることにする。吹き抜けになったビルのロビーにあるオープンカフェなので、少し離れた位置からいくらでも観察できるのだ。

約束時刻の二分前まで悠一は文庫本を読んでいた。

やがてカフェの入り口をチラリと見る。

城下がいないのを確認して、自分のグラス……アイス・オレかなにか、を手に取り、一口飲む。

そしてまた文庫を開く。

ドリンクがもう来ているのだから、約束より十五分は早く席についたのかもしれない。

約束の時間になる。悠一は文庫を閉じた。

そしてそれを鞄にしまい、姿勢を正すように座り直してまた入り口を見る。

三分すぎる。悠一はカフェではなく、ビルの入り口に視線を置いていた。相当離れているので見えづらいのだろう、少し目をすがめている。五分。今度はエスカレーターの降り口を見る。上の階にはちょっとしたショップも入っているので、そこから城下が現れるかもしれないと思ったようだ。

十分。悠一はテーブルに置いた携帯をじっと見つめている。

そしてごく小さな仕草で、首を傾げた。

その途端、城下のほうに限界が来てしまった。

本当は十五分くらい観察しているつもりだった。炎天下の中ではない。クーラーの効いたビルの一角なのだ、そんなにひどいことでもないと思っていた。なのに、首を傾げた悠一を見た途端に、自分がものすごく意地の悪い人間に思えたのだ。いや、意地の悪い人間でも別に構わない。城下は自分に人徳など期待していない。

だが弾かれるように、脚が動いた。

小走りになってカフェに向かう。

途中で早まる脚をなんとか宥《なだ》めて、悠一が気がついたときには早歩き程度に戻す。城下を見つけて、悠一はホッとした表情を見せた。

「すみません。少し遅れましたね」

「いえ」

まるで取引先を迎えるサラリーマンのように、立ち上がって城下を迎える。名刺交換でもしそうな勢いに、城下はつい笑ってしまい、怪訝《けげん》な顔をされた。

「いえ、失礼しました。なんだか悠一さん丁寧すぎて……僕の周りはもっと行儀の悪いのばかりですから」

「あ、そうでしたか。すみません」

「いやいや、謝ることじゃないですよ」

腰掛けながら悠一が、でも、と呟く。

「果歩にもよく叱られるんです。少しは周りと調子を合わせろって」

「マイペースって僕は好きですけどね」

「でも、浮くでしょう？」

ウェイトレスにアイスコーヒーを頼んでから、城下はあえてゆっくりとした喋り方で
「浮いてたって、いいじゃないですか。悠一さんらしければ、それでいいんだと思いますけど」

真面目な顔でそう言ってみせた。

思惑通り、悠一は「そうかな」と少し嬉しげな顔を見せる。ちょろいもんだなぁ、と城下が内心で舌を出しているなど、努々《ゆめゆめ》思ってもいない。

今日の悠一は、清潔そうだが面白みのない開襟シャツと、綺麗にアイロンのかかったコットンパンツをはいていた。足もとはモカシンシューズだ。学校教諭というよりも、真面目な大学生に近い雰囲気がある。

丁寧に丁寧に育てられた苗の、若木。

……しなやかな木肌と、青々した葉。

この苗を突然、城下の欲望の泥の中に植え替えたらどうなるのだろう。若木は身を捩《よじ》って震え、抵抗して泣くだろうか。

泣き疲れてそのまま枯れるか、でなければ泥の居心地に目覚めて、蔓を伸ばし城下に巻き付いてくるか――想像するとゾクゾクした。

「それで、その姪御さんというのは……」

「あ。ええ、はい。ええと、今二年生なんですけどね」

淫靡な妄想に駆られて、城下は危うく自分の作った嘘を失念してしまうところだった。

教師の顔になった悠一に、用意してきたシナリオを話す。両親の不仲。それを感じ取る子供。不登校、突然始まった夜遊び……マスコミが騒ぎ立てている中から適当に拾って寄せ集めたストーリーを、悠一は真剣な眼差しで聞いていた。

「そのお子さんは、どれくらいの頻度で夜遊びをするんでしょう？　朝まで帰って来ない日も多いんでしょうか」

「いや、とりあえず終電には乗って戻ってるみたいですよ」

悠一は深く頷き「なら、まだずいぶんいいほうです」と言った。

「その子にとって【帰る家】が機能しているということだと思います。とりあえずご両親は、帰ってきた娘さんをきちんと家に迎え入れてあげて欲しいと思います。玄関先で頭ごなしに叱ったりしては、そのまま回れ右して出ていってしまう」

そりゃあ甘いんじゃないの、と城下は思う。

「叱らなくていいんですかね？」

「いえ、もちろん叱ります。子供は叱られるのを待ってるはずです」

いかにも学校の先生的な発言ににやつきそうになり、意識的に口元を引き締めた。

「そんな素直な子じゃないんですよ。叱るとすごい勢いで反発するらしい」

「そりゃ、思春期の子供ですから、反発しますよ。だけど叱られて反発するときにしか、あの子たちは主張できないんです。たとえめちゃくちゃで、ワガママで、一方的な主張でも聞いてあげないと先に進みません」

「はあ、そんなもんですか」

城下はちょっと感心した。確かに反抗的な子供が親とコミットできるシーンは限られている。叱ることすらやめてしまったら、親と子の関係は絶たれてしまいかねない。

「叱るときは、親御さんも落ちついていないといけませんから——タイミングを見計らって、ちゃんと向かい合って話すのが大切だと思います。うぜぇと言われても、とりあえず座っていてくれるなら儲けものです」

「大人は忍耐が必要なんですねえ」

「はい。大人は我慢しなければいけません……僕も、まだまだ努力不足ですけれど……」

悠一の話し方は押しつけがましいところがなく、提言しながら、それを自分にも言い聞かせているような節があって好感が持てた。同じ内容を別の人間が言ったなら、やたら説教じみて聞いているほうをげんなりさせる可能性もある。

「大人の条件のひとつは、我慢強いことなんだと思います。怒るのではなく叱るためには、自分の感情をコントロールできないとなりません。とても……難しいんですが、特に教師はそれができないと……本当に、難しいのですが」

彼自身にとって、大きな課題なのだろう。

悠一の言葉はごく静かで、だが揺るぎのない決心が感じられる。

小一時間ほど、存在しない姪のためのアドバイスを聞いたあと、城下は悠一を食事に誘った。

「お礼というほどでもないですけど、美味しい和食の店があるんです。ご馳走させてください」

悠一は最初辞退していたが、このままでは気が済まないと城下も引かなかった。半ば強引にカジュアルなカウンター和食の店に連れて行く。緊張すると食が進まなくなるタイプだろうと予想していたので、あっさりしたメニューが中心の店である。

最初のうちは例によってガチガチになっていた悠一も、梅酒のソーダ割りが半分に減る頃にはずいぶんリラックスしてきたようだった。

「このお豆腐、とても味がしっかりしてますね」

「でしょう？　このお店で作っているんだそうですよ。大豆の甘みが美味しいんですよ」

酒には弱いのだろう、悠一は首まで桜色に染まっている。いま脱がせたら、内腿あたりはもっと濃い朱になっているかもしれない……城下は日本酒を傾けながら不埒な想像を楽しむ。

「これは、湯葉かな？　……あっ、おいしい……」

城下の胸のうちなど知らない悠一は、次々に供されるちんまりとした懐石風の料理を楽しんでいた。食事をしながら、城下が店に来た風変わりな顧客の話を披露すると、悠一は身体を揺らして楽しげに笑う。

その可憐な笑顔を見ながら、泣き顔を思い浮かべるのも一興だった。

だが、初デートで行きすぎてはならない。

獲物にまだ走る力があるときは、追いすぎると逃げられてしまう。まずは脚を弱らせる。臆病な獲物はじわじわと追い詰めないと失敗する。爪と牙が、しっかり食い込む位置まで確実にあいだを詰めるのだ。

帰り際、駅までの道のりはあえて人通りの少ない脇道にした。

悠一は土地鑑がないらしく、特に不審には思わなかったようだ。最後に「空けちゃえば？」と飲ませた梅酒で、足取りがややふらついている。それを知って城下はわざと軽くぶつかった。

「あ」

「おっと、大丈夫ですか？」

よろけた悠一の肩を抱き、顔をのぞき込む。目が合うと悠一は真っ赤になった。もちろん梅酒のせいだけではない。二度目の来店の頃から、悠一が城下を意識しているのはわかっていた。その意識は色恋に関連しないものかもしれないが、方向転換させるのは可能だ。

「す、すいません。大丈夫です」

「悠一さんて」

「え？」

「……いや、なんでもないです」

肩を離し、城下はわざと言葉を引っ込める。悠一の顔が不安げに変化する。

「あの……あの、なんですか城下さん。僕、なにか失礼なことしましたか？」

「ああ、そういうんじゃないですよ。えーと、ですね。ただ」

「ただ？」

悠一の声が焦《あせ》りを含んでいる。城下は楽しくてたまらなかった。小さく白い、か弱い子兎を指先でつつき回しているような、いびつな快感があった。

「ただ、ふと思ったんです。悠一さんて恋人とかいるのかなって」

「えっ……」

悠一はよほど驚いたのだろう、歩く脚すら止まってしまった。

「い、いませんよ。いるわけないじゃないですか」

「どうして？」

城下も立ち止まる。ちょうど、大きな楡《にれ》の木の下だった。

「どうしてって……城下さんだって、もうわかるでしょう？ 僕はあんまり面白みのある人間じゃないし、女の子も扱いなんかぜんぜんうまくないし」

夏の夜風が葉ずれを歌わせている。

「それに、城下さんみたいにかっこよくもないし」

「悠一さんみたいな、綺麗な顔の男性が好きな女性はたくさんいますよ」

「き……綺麗なんかじゃ」

スルッ――とほんのひと撫で、城下は俯いた悠一の頬に触れる。悠一は目を見開いて顔を上げた。

「とても、綺麗な顔ですよ」

これまで何人もの男女に見せてきた、ここ一番の微笑みを悠一にも見せる。

「もちろん、顔だけじゃ、ないですけどね」

そう付け加えて先に歩きだした。悠一はしばらく立ちつくし、城下が振り返ると慌てて歩きだす。脚をもつれさせ、もう少しで転びそうになり、城下は一瞬ひやっとした。

そのまま駅までふたり並んで歩いたが、悠一はもうなにも喋らなかった。


二度目のアプローチは、驚いたことに悠一のほうからだった。

『先日はご馳走様でした。同僚から美味しいエスニック料理の店を聞いたので、もしよろしければ今度は僕にご馳走させてください。お時間のある時にでもご連絡いただければ幸いです』

ふたりで会った三日後、携帯電話に入ったメールはそんなふうにバカ丁寧で、城下は店のバックヤードで笑いだしてしまう。タオルの洗濯をしていたアシスタントが妙な顔をしていた。

さてどうしようと考える。

もう少し焦《じ》らした方が得策だろうか。城下が悠一になにをしても、どんな触れ方をしても彼が逆らわないようになるまで、少し時間を置いたほうがいいのだろうか。

『メールありがとうございます。しばらく仕事が忙しそうなので』

そこまで打ちかけて、指を止める。

後半部分をデリートした。むしろ逆かもしれないと思ったのだ。こっちが一度誘いを断ったりしたら、悠一は二度とメールを寄越さないかもしれない。あの臆病な子兎は、このメールを打つだけで相当な勇気を振り絞ったのだろう。

『メールをありがとうございます。喜んでお誘いに応じます。でも、僕はちょっと辛いモノが苦手なんです。よかったら家で一緒に飲みませんか。これでもパスタが得意なんですよ』

そんなメールを返した。

すると五分もたたないうちに返信が届く。

『お返事ありがとうございました。城下さんさえよろしければ、お邪魔させていただきます』

ほうら、子兎はすっかり気を許している。

城下はもう、楽しくてたまらない。部屋に入れてしまえばこっちのものだ。

可愛い子兎の首のあたりを優しく撫で——気を許した瞬間に、そこに噛みつけばいいのだ。強い顎でしっかりと挟み、もう城下から逃げられなくすればいい。

悠一はゲイではないだろうが、同性に対して……城下に対して、興味がないわけではない。もし根っからのヘテロだったら、あんな触られ方には強い拒絶が出るはずだ。女性経験はあるのだろうか？　悠一が女を抱いているシーンは想像しにくかった。相手が女の場合でも、リーダーシップが取れるかどうか怪しいものである。

子兎は、残酷な狼の下で悶えるのが似合っているはずだ。城下はそう思った。

——そして、その考えは間違っていなかった。


「し、城下さん？」

上擦《うわず》る、声。

「うん？　なに？」

再びの、火曜の夜。

軽い食事とチーズにワイン。ワインは甘めの白を選んであった。城下にはすぎるほど甘ったるいそれを、悠一は美味しいと二杯飲んでいた。

「なに、して……あっ」

「脱がせてる」

城下の部屋に背の高い家具はない。床には上質のラグ、低いテーブル、たくさんのクッション。

オーディオラックもできる限り低くしてある。

こういう部屋は、さっきまで食事をしていた相手を押し倒すのにとても都合がいい。

悠一は、キスを嫌がらなかった。

不安がっているのはよくわかったが、城下を押しのけようとはしなかった。目を固く閉じ、必死で自分の震えと闘いながら、城下のくちびるを受け入れた。

まさかとは思うが、キスも初めてなのだろうか。

聞いてみたい気もしたが、それは後回しだ。ラグの上にゆっくりと倒し、子兎の口の中に舌を忍び込ませる。驚いて逃げまどう舌を捕まえ、味蕾同士の愛撫を施す。悠一の胸に置いた手のひらに、心臓の早鐘が伝わる。

シャツのボタンを外し始めたとき、初めて悠一は抵抗した。

「だめです」

「どうして」

「だって、こんなこと」

「……裸で、悠一と抱き合いたい」

名前を呼び捨てにするのも愛撫のひとつだった。悠一はそれだけで吐息を乱す。

「いや?」

悠一は首を横に振りながら、城下に抱きついてくる。

こんなふうにしがみつかれたら脱がせることもできないなぁと思いつつも、その仕草はたいそう可愛らしかった。

悠一は、間違いなくセックス自体が初めてなのだ。

昔は城下自身も若かったため、初めての相手を面倒に感じていた。だが今は七歳年下のこの身体が、まだ誰にも暴かれていないことが嬉しい。二十五で未経験というのは、今時ならばなかなか貴重だろう。この無垢な身体を、自分が初めて汚すのだと思うと、サディスティックな快感が腹の奥から湧き上がってくる。

宥めすかしながら、悠一を裸に剥《む》く。

思った通り体毛の薄い、滑らかな肢体だった。学校の教員というのはハードな仕事なのだろう、決して貧弱ではない。脚にも腕にも、必要な筋肉がきちんとついている。

そして悠一の脚のあいだのものは、興奮を隠しようもない状態になっていた。

「い、やァ……」

「こら」

恥ずかしがって身体を丸めようとするのを、城下は許さない。悠一の手を自分の股間に導き、怒張に触れさせる。ビクン、と悠一が竦む。

「ほら……一緒だろう？　おれも興奮してる」

『悠一さん』から『悠一』へ。

『僕』から『おれ』へ。

城下は少しずつ自分を明かしていく。そんなに穏やかで上品な男じゃないよ。あんたを食い散らかしたくてたまんなかった狼なんだよ――――そう子兎に教えてやるのだ。

「あっ……あ、あ、触らないで……」

どうせもう、子兎は逃れられない。

「先っぽがぐっしょりだね、悠一」

まだ淡い色味のそれをそっと弄《いじ》りながら観察してやる。落とし気味にしてあるが、灯りは生きているため、悠一のすべては城下の視線に晒《さら》されてしまう。

「電気、消してください……お願い……」

「ダメ」

「お願いだから……い、あっ」

強い力で押さえつけ、互いの股間を密着させる。グリグリと腰を回すように蠢《うごめ》かせると、悠一は泣き出しそうな声を上げた。身体を少しずらし、ぷくりと膨らんだ乳首に舌を這わす。

「んっ、あっ、離して、ああっ！」

吸いつくと悠一が両腕をばたつかせて暴れるので、おしおきにキュッと歯を立てる。その途端、抱いていた身体が、ガクンと調子の悪い車のように硬く揺れた。

「あ……あ、う…ぁ――――」

城下の鳩尾《みぞおち》あたりに熱い飛沫がかかる。早くも達してしまったのだ。

悠一は荒い息のまま、顔を背けてほとんど半ベソ状態だった。自分の目のあたりを片手で隠し、肩を捻《ねじ》って城下の舌から逃げようとしている。

「悠一」

「や……いやだ……離してって、言ったのに……」

「悠一、こっち向いて。恥ずかしくないから――ほら、おれを見るんだよ」

やや語調を強くすると、悠一はようやく隠していた顔を露《あら》わにする。興奮と羞恥で上気した肌と潤んだ瞳は、城下に満足感を与える。

「気持ちよかったから、イッちゃったんだろう？」

目を合わせないまま頷く悠一の頬に、優しくキスしてやった。

「なら、おれはすごく嬉しいよ。本当は怖かったんだから……こうしたいのはおればっかりで、もし悠一が無反応だったらどうしようって、ずっと悩んでいたんだから」

「ほ…んとう、に？」

「ホント。だって悠一は、すごく真面目そうだったから――おれみたいな男は相手にしてくれないんじゃないかって」

そんなわけないよ、と小さな声で悠一が呟く。そしておずおずと、身体の向きを変えて、自分から城下の腕の中に収まった。

嘘つきは泥棒の始まり……そして盗んだ兎を、城下は美味しくいただくのだ。

「もっと、いろんなこと、していい？」

「…………」

悠一がためらいながらも、小さく頷く。

「悠一は、おれのこと、少しくらいは好き？」

「少しじゃなくて……」

今度の答えは早く、そしてやや甘えたニュアンスがあった。

「ああ、そうだよな。悠一は好きな相手とじゃなきゃ、こんなふうにはならないよな」

「……ウン……」

「ねえ、おれのこと好きならさ——こういうの、できるかな？」

思いついたのは、ちょっとした意地悪だった。

子兎を撫でるだけではなく、子兎にも愛撫して欲しい……させたい。

その薄い舌で、一番いやらしい行為を、させたい。

城下は悠一を仰向けに寝かせ、互いの頭が逆になる位置で跨《また》がった。

そして一度射精し、大人しくなったペニスを口の中に含む。悠一の膝がヒクッと反応し、青臭い味が城下の口の中に広がったが、いやな気分ではなかった。城下はザーメンフェチではないので、遊び相手とフェラチオはしても、その精液は絶対に口にしない。

運悪く口に入っても飲み込まず、すぐにティッシュなどに出してしまう。正直、気持ち悪いからだし、身体だけの関係なら相手も特に嫌な顔をしない。なのに、悠一の出したものには嫌悪感がなかった。

「やっ……し、ろした、さ……んっ」

「あきら、って呼ぶんだよ」

すぐに半分ほどに育ったそれを一度口から出し、悠一に命じた。

「わかる？　これ。シックスナインって、知ってるだろ？　お互いのを舐めあうんだ……悠一には、まだちょっと無理かな……？」

若い色をしたものに舌を這わせながら、城下は焦らずに待った。悠一の躊躇と怯えは顔が見えなくても伝わってくる。そしてそれは城下の性器に対する嫌悪感などではなく、自分の知らない快楽の世界に踏み込むことに対する甘いうしろめたさなのだ。

「悠一は、こんなところまで綺麗な色なんだな」

先端の割れ目を舌先で擽りながら言ってやると、足の指にまで力が入るのがわかる。ペニスはもうすっかり硬さを取り戻していて、悠一が特別性的に淡泊ではないのを物語っていた。

やがて、そろそろと指先が、城下の屹立を支えるように触れてきた。

悠一が顎を上げて、舌を伸ばすのが見える。その粘膜が先端に触れたとき、城下にも電流のような快楽が走った。

「ん……」

吐息のような声を聞かせてやると、悠一は意を決したように、先端を口の中に含む。その刺激で城下のものはぐうっと膨らみを増した。

「気持ち、いいよ……」

慣れない仕草がかえって城下を煽る。

腰を低くして悠一が銜《くわ》えやすいようにし、自分も彼のペニスに愛撫を再開する。悠一はつたないながらも、城下の舌の動きを真似て、茎に絡めてみたり、くちびるで圧迫したりと懸命だった。ただ、ぴちゃぴちゃと淫猥な音をたてるのだけは真似がしづらいらしく、音はほとんど立てなかった。

城下は悠一の気が逸れないように、激しい愛撫は控えた。まるで乳を吸う赤子の邪魔をしないようにと気遣っているようで、こんなセックスは初めてだなと含み笑いをする。

たっぷりと悠一の舌を堪能したあと、身体を起こしてこめかみに口づけてやる。悠一も甘えるように、城下にすり寄ってきた。その背中をゆっくり撫でながら、少しずつ指を下方向に進めていく。

尻の狭間をかすめたとき、悠一の身体が強ばるのがわかった。

「……この先を、知ってる?」

抱きしめたまま聞いても、悠一は頷かない。頷けば、それがイエスになるのだとわかっている。

「悠一が、全部欲しい」

アナルセックスをしないと、全部を知ったことにならないわけではない。男女のセックスとは違い、ゲイの場合結合するしないは個人個人の選択だ。向き不向きがあるし、やっても辛いだけという男だっている。

城下にしても、常にそれを行っているわけではなかった。痛がるだけの相手に挿入してもつまらない。

「……悠一の中に入りたい」

なのに悠一に対しては、貪欲にその体内を侵したいと思った。このペニスを、哀れな子兎の穴に突き立てたい――そうしないと自分のものにしたような気がしないのだ。

「い……痛く、ない？」

「――少し痛いかもしれない。でも絶対に怪我はさせないって約束する」

そうは言ったものの、実際はしてみないとわからない。どんなに入念な準備をしても、初めてならば多少の裂傷が生じる可能性はある。

いいよ、と掠れた声がした。

顔をのぞき込むと、大きな黒目がきらきら光っていた。悠一が涙を流しているのを、城下はここで初めて知った。

「どうした？　おれ、どっか痛くしたか？」

そう聞くと、少し笑って「違うよ」と言う。

「嬉しいんだ。僕、好きな人とこんなふうにするの初めてだから……こんなに気持ちいいなんて知らなくて……すごく嬉しいんだ」

そのとき、自分の身のうちに走った感情を城下はのちに何度も思い返すことになる。けれどこの時点ではまだ、どんな言葉でも表すことができず、ただ熱い熱情となって城下の中で渦巻くだけだった。

その感情を処理しきれないまま、城下は低い声で悠一に言った。

「ごめんな。きっとおれ、途中ではやめられないから」

そしてその言葉通り、狭い器官を暴かれた悠一がどんなに泣いても、埋めた楔《くさび》を城下が抜くことはなかった。

3

城下しか知らない悠一の身体は、初《うぶ》で、素直で、余計な色に染まっていないぶん覚えが良かった。最初のうちは脚を開くのも恥ずかしがっていたが
「悠一、おれにだけは、恥ずかしがらないで全部見せなきゃダメだ」

そんなふうに口説けば首筋まで赤く染めながら、自分で腿を抱え上げるポーズすら見せた。恋人にならば、すべてを見せていいという決まりが悠一の中にはあるらしい。

アナルセックスに関しても、悠一は比較的向いているといえた。前立腺裏で感じることができるし、それ以上に城下と繋がることにより、精神的な充足感が得られるようだ。ならばあとは慣れの問題である。

店の定休日である火曜日ごとに、城下は悠一を抱いた。

八月中はまだよかったのだが、九月に入れば悠一も新学期である。お互い翌日は仕事なので、あまり無茶はできない。それが多少つまらなかったので、悠一に火曜日の休みを取らせたりもした。授業のやりくりなど、それなりに大変だったらしいが半ば強引に城下は我儘を通した。悠一も城下の我儘を、喜んでいたような節もある。

月曜の夜から明け方まで、じっくりといじめ抜いた。

喘ぎが悲鳴に、悲鳴が掠れ声に変わっていく過程を城下は楽しんだ。最後には達すると同時に失神してしまった身体を抱きしめながら、城下は自分の欲望に呆《あき》れていた。

ひとりの人間を何度も抱き、それでもまだ飽きたらず、いくらでも欲しくなる……そんな経験は初めてだったのだ。

悠一は、全般的に控えめな恋人だった。

城下に夢中なのは言葉からではなく、視線と仕草で伝わってくる。城下の言うすべてに、悠一は逆らえなかった。もっとも城下もそう無茶を言うわけではなく、ただセックスのときだけは、少し暴君めいた振る舞いをする程度だ。

受けとめる一方だった悠一が、唯一城下に頼んだことがある。

「どんなに遅くなってもいいんだ。夜中でも構わないから、電話をして欲しい。……五秒もかからない電話でいいから。おやすみって、言うだけでいいから」

これまた乙女チックなご要望だとは思いつつ、城下は快諾した。

一昔前ならばともかく、今は携帯電話という便利なものがあるのだ。時間の指定もないのだから、おやすみの電話くらいおやすいご用である。

そうは思ったものの、最初のうちは、うっかり忘れる夜もあった。

すると零時すぎくらいに悠一のほうから電話がかかる。

「あ、悪い。うっかりしてたよ、ごめんな」

『ううん、いいんだ。なんかあったんじゃないかって、ちょっと心配になっただけ』

「なんかって、事故とかか？　心配性だな、悠一は」

『うん……ごめんね、遅くに。じゃあ、おやすみ』

そんなふうに、短い電話だった。客とのお喋りで疲れている日も多い城下にとって、無口な悠一はそんな部分でも最適な恋人だった。

一カ月もすると、おやすみの電話は城下の日常に完全に組み込まれ、忘れることもなくなった。マンションに戻り、風呂から上がってミネラルウォーターを飲みながら電話をする。時間は早ければ十時すぎ、遅いと午前一時を回った。朝は六時に起きているという悠一だが、寝ぼけ声で電話を取ったことは一度もなかった。

毎晩電話をするようなつきあい方は、城下にとっても初めての経験だった。

初な相手に合わせるのも大変だと思いつつ、新鮮みを味わっているのも否定できない。悠一を抱くようになってからは他の男と遊ぶ必要もなくなり、平穏に秋がすぎていく。

「もう少し寒くなったら、あきらと鍋物が食べたいな」

「ん？　なんで鍋？」

ベッドに肘をついて身体を少し起こし、悠一が城下の顔をのぞき込む。

「好きな人と鍋するの、夢だったから」

その返事に城下は微笑む。

「いいよ、やろう。悠一は、どんな鍋がいいんだ？　エビとかいっぱい入った豪華なやつ？」

「僕ねぇ、貧乏性だから豚しゃぶが好きなんだよね」

「なんだそれ。しゃぶしゃぶは牛だろ？」

「豚の薄切り肉でも美味しいんだよ。ポン酢で食べるの」

しみったれてんなー、と言いつつ、腕の中に悠一を閉じ込める。すっかり馴染んだ互いの肌は、隙間なく寄り添える角度をすぐに探せる。

「早く、寒くならないかな」

悠一が眠たげな声で呟いた。城下は静かにその髪を撫でる。セックスのあとのピロートークを楽しいと感じたのも、初めてだった。

やがて、悠一の望んでいた寒い季節が訪れる。

ふたりは予定通り鍋を楽しみ、ベッドの中で温もりと、ときには発火しそうな熱を分かち合い、やがて師走を迎えた。

悠一と出会ってから、五カ月がすぎていた。

こんなに長く関係が続いたのは久しぶりだった。

互いにセックスだけと割り切った場合ならば、あいだをおいて一年だらだらと続けた相手もいたが、悠一との関係はもっと濃密なものだった。

「アー、もう、あきらさん、すげー久しぶりすぎるしー」

月曜の深夜、二丁目の馴染みの店に顔を出すとコウが挨拶より先に文句をつけてきた。マスターはカウンターの中から笑顔でいらっしゃいと言ってくれた。

「ご無沙汰だったね、あきらちゃん」

「あれれ。そんなに来てなかった、おれ？」

スツールに腰を下ろしながら言うと
「おれなんか、あきらさんのボトル飲んじゃおーかと思ったもんッ」

とコウがむくれる。言われてみればコウの髪が伸びていた。朧《おぼろ》な記憶を辿ると、三カ月以上足を運んでいないようだ。

「んー、いろいろ忙しくってなー。マスター、ボトル生きてるよね？」

「大丈夫だよ。ロックにする？」

「うん。グラスふたつで」

ワーイとコウが子供みたいな顔でご機嫌を直した。

「聞いてよあきらさん。おれ、車買っちゃったー」

「なんだよ、景気いいなぁ」

「無理したけどさ、憧れのジャグァーなんだよーう！」

「へえ。すごいじゃないか。……おまえ、仕事なにしてんだっけ？」

マスターがミックスナッツの缶をザラザラ言わせながら

「おバカっぽい振りしてるけどね、昼間は高級スーツ着て某一流商事にお勤めなんだよ、コウちゃんは」

と教えてくれる。

「おバカってひどいなー」

コウは笑いながらも否定はしない。そういえば、軽い口調の中に妙に冷静な部分を感じる瞬間があった。一度は寝た仲だというのに、城下はコウについてほとんど知らないのだ。

しばらくは車の話で盛り上がった。城下も外車嗜好があり、今は乗る暇がないので諦めてはいるが、いつかイタリア車のオーナーになりたいと思っている。

「ねえー、あきらさん、伊豆行かない？　一泊、おれの愛車で」

「おまえねぇ、おれの職業知ってるだろ？　そうそう休みは取れないって」

「だからさ、おれが火・水と連休取る！　おれが二日休むんだから、あきらさんも一日くらいなんとかしようよぉー」

子供のようにだだを捏ねるコウを見ていると、それはそれで可愛くもあった。悠一は絶対にとらない態度である。

「師走はかき入れ時なの」

「チェー。とか言ってるけど、あきらさん最近いい人できたんじゃないの？　なんか守りに入ってる感じだしさー」

「なんだよそれ」

コウの言い方に半ば本気でムッとした。守りに入っているというのは聞き捨てならない。コウは城下の不機嫌を敏感に嗅ぎ取って、すぐに謝った。

「あっ、ゴメンなさい。……でも、おれ、マジさみしいのよ、いま」

「おまえくらいのルックスなら、いくらでも一緒に行ってくれる相手はいるだろ？」

「やだよ。愛するジャグァーで行くんだぜ？　あきらさんくらいイイ男でないと、乗せたくもないもん」

半分はお愛想だとしても、そう言われて悪い気はしない。城下はいつのまにか休暇の言い訳を考え始めていた。

「なんで伊豆なんだ？」

「会社の福利厚生で結構いい旅館に安く泊まれるんだ」

「男と行ったって会社にバレたりしないのか？」

「そんなの、方法はいくらでもあるって……ねえ、あきらさぁん……」

これは、浮気なのだろうか。

やはり悠一が気になる。だが、直接釘を刺されたことはない。つまり、他の男と寝てくれるなと言われたことはないのだ。

いや、そんなのは言い訳だ。いくら城下が図々しくとも、それくらいはわかっている。

浮気するなと言われていないならしてもいい……そんなバカな話はない。第一、城下だって悠一にそんな釘は刺していないが、他の男と食事をしただけで怒ってしまうかもしれない。

……いや、きっと怒るのだろう。

驚いた。

なんだ、この、独占欲は。

「やばいのかな、おれ……………」

「あきらさん？」

今まで、ちょっとした浮気を遠慮したことなどあっただろうか？　相手に貞操を求めたことなどあっただろうか？

いつのまにこんな深みにはまっていたのだろう。

絶対に、ゲイバーではお目にかかれない相手だった悠一。雨ガッパを着て青山の美容室に現れた悠一。無口で、生徒思いの教師である悠一。

たまにはこんな男を落としてみるのも面白いと思った。なのに落とされていたのは、城下のほうだったのだろうか。

毎晩の電話をかけているのだって、城下なのだ。

「……行こう、か」

コウが「おっしゃー！」とガッツポーズをとり、マスターはやや心配げな顔で聞いてくる。

「大丈夫なのあきらちゃん？」

「ああ。おれ、年休ほとんど消化してないんだよ。来年に持ち越せるのは半分だけだし、一日くらい休んでもバチは当たらないだろ」

主導権は、自分にある――城下はそう思いたかった。

悠一に合わせるのではない。悠一が城下に合わせるのだ。そうであるべきだ。

もちろん、男とふたりで伊豆にしっぽり行ってきますなどと言うつもりもない。黙っていればわからないのだ。

黙っていれば、誰も傷つかない。

だから、悪いことではない。

自分の中で組み立てている論理が、穴だらけで子供じみていることに、城下は意識的に目を瞑ったのだった。


十二月の中旬、予定通りコウと伊豆に出かけた。

なるほど高級な旅館で、料理もかなり豪勢だった。宿泊したのは離れの貴賓室で、お座敷で揚げられる天ぷらというものを、城下は初体験した。宴会場ならばともかく、自分たちふたりのために、板前が出張ってくるのである。

あるいはコウはただの社員ではなく、某一流企業とやらの経営陣と縁続きの人間なのかもしれない。極端な話、いつかは社長になるような……そんな立場だとも考えられる。ジャグァーのステアを握る手を見たときから、城下はそう感じていた。普通のサラリーマンがフランク・ミュラーをしているはずがないのだ。

たっぷり楽しみ、戻ったのは二日めの深夜だった。

マンションに戻ってシャワーを浴びたあと、城下は自分のミスに気がついた。

携帯がない。コートのポケット、ジャケットのポケット、鞄――すべてチェックしたが見つからない。旅館に忘れてきたか、でなければコウのジャグァーの中に落としたのだろう。

「ちッ……なんだって、こんなタイミングで……」

そう、タイミングとしては最悪だった。

城下は昨夜、初めて悠一への連絡を怠った。忘れていたわけではないが、夜はコウと絡み合ってばかりいたし、そんなときに電話するのも受けるのも間が抜けていると思い、電源を落としていたのだ。

一日くらい、どうってことはないはずだ。だが二日続くと、悠一が心配するかもしれない。今夜はかけようと思っていたのに、肝心の電話がなければ困る。城下は自宅の電話をほとんど使わないので、悠一の電話番号は携帯の中にしかない。あとは、顧客名簿を見るしかなかったが、それは店にある。

店の鍵を持っているのは店長と城下だったが、さすがに深夜の今から店に出向く気にはなれなかった。コウは悠一と違い、セックスにもああして、こうしてと積極的にリクエストを発し、昨夜は結構な運動量だったのだ。

「明日の朝にでも電話するか……」

ひとりごちてベッドに入る。

悠一が気にはなるのだが、放っておいても大事にはならない……勝手にそう決めつけていた城下は、翌日その考えが甘かったのを思い知ることになる。

早めに出勤し、さっそく名簿を見るが携帯の番号は書かれていない。小さく舌打ちした直後、店の予約用の電話が鳴った。

「城下チーフ、幸塚《こうづか》さんという方からです」

コウだった。今回の旅行でやっと城下は彼の本名を知ったのだ。

「もしもし」

『幸塚です。先日はありがとうございました』

ずいぶんとよそ行きの声を出すあたり、会社からかけているのだろう。

「おれ、携帯忘れてなかったか？」

挨拶もすっ飛ばして城下は聞いた。旅館だとしたら送ってもらわなければならない。

『ええ、ございましたよ。今こちらで保管させていただいています』

その返事を聞いて肩の力が抜けた。抜けてから、それほど焦っていた自分に気がつく。

「よかったよ……メモリーのバックアップ取ってないんだ。なくしたら大変だった」

『そちらからご連絡が入るかと思い、昨晩、電源を入れさせていただきました。そうしましたら、何度も同じ方からかかってきましたので、きっとご心配されているんだなと思い、』

「待てよ。出たのかおまえ」

吐息ほどの笑い声が聞こえた。コウがにやにやしている顔が思い浮かぶ。

『大丈夫ですよ。旅行の件は話してませんから』

ちっとも大丈夫じゃないだろう。別の男が携帯に出ただけで、すでに怪しい。城下はこれ見よがしなため息を受話器に吹きかける。

『電話の方は、あなたが無事にマンションに帰ったと聞いて安心したみたいですよ。僕については、なにひとつ聞かなかった』

「そういう奴じゃないんだ」

たとえ浮気相手だと確信していても、相手を追い詰めたり罵ったり……悠一はそんなことのできる男ではない。城下の無事を確認するだけで、精一杯だったはずだ。

『電話は、今夜いつもの店に預けておきますから』

「待ってくれ。その、何度もかけてきた相手の番号を見てくれないか。手元にないんだ」

『やれやれ……それくらいメモっておくべきですよ。愛が、足りないな』

愛が、から先はごく低い声で言う。

コウは城下が慌てている様子を楽しんでいるらしい。遊び慣れている奴はこれだから、と城下は顔をしかめた。悠一のように純な可愛げがない。

……もっとも、悠一と比べるほうが間違っている。

悠一のような存在は、今の世の中では貴重なのだ。本人はかなり生きにくいだろうが、近くにいる人間はとても――とても、癒される。心の奥に静かに響く優しさを、悠一は持っている。

番号を聞き出し、一応コウにも礼を言って電話を終わらせた。

城下はその場ですぐに悠一の携帯に電話を入れる。店の回線は私用電話は禁止だが、そんなことに構っている場合ではなかった。ちょうど開店前の準備でみんなバタバタしている。

電話は繋がったが、留守録になっている。学校にいるのだろうから、それは予測していた。

「もしもし、おれ。二日電話できなくてごめん。携帯なくしてたんだ。今夜また電話する」

それだけ言い、オフボタンを押してから、もっとゆっくり喋ればよかったと後悔する。なにかやましいことでもあるかのように早口になってしまっていた。実際やましい身の上なのだが、たった一度の遊びが、こんなに大きな負担になるとは思わなかった。しかも驚いたことに、悠一にとってではなく、城下自身の負担なのだ。

次の火曜日、どんな顔をして悠一に会ったらいいのだろう。

いつもと同じ顔をしていられる自信がない。

たった一度の遊びのあと、こんなに動揺している自分がバカみたいだった。それなら最初から浮気なんかしなければいい。

城下は、気がついていなかったのだ……自分がこんなに、悠一に入れ込んでいるという事実に。

仕事が終わり、軽く食べていこうよという誘いを断り、マンションにまっすぐ戻った。

靴を脱いで最初にしたのが電話だった。

時間は九時すぎ、こんなに早いのは珍しい。

『――おかけになった番号は、ただいま電波の届かな……』

移動中だろうか。だが学校まで自転車で通っている悠一は、平日には地下鉄を使わないはずだ。

ほかに電波障害のある場所はどこだろう？

――まさか、電源を切っている？

五分も経たないうちに、城下は再び電話をかける。また味気ないアナウンスだった。十分後。

三十分後。――やがて、十時をすぎる。

もう、認めないわけにはいかなかった。

悠一は、城下を拒絶しているのだ。

「……ンだよ。いい度胸だな……」

そんな呟きも、強がりにすぎない。城下は狼狽《うろた》えていた。

あの穏和で、素直で、優しい悠一を怒らせてしまったのだ。

優しい反面、悠一には頑固な面があることも知っている。カット料金を身内価格に割引いてやろうとすると、自分は正規の技術料を支払うと言い張って譲らない。

また、生徒に関しても頑固で……いや、この場合粘り強いというべきか。自分が副担任を務める生徒が学校に来なくなってしまったとき、三カ月のあいだ毎朝迎えに行っていた。ちょっとしたストーカーみたいだねと、本人も笑っていた。

どうしたら、いいのだろう。

城下は立ち上がった。

再びコートを着てマンションを飛び出し、師走の夜を走る。

大通りまで出て流しのタクシーを捕まえ、悠一のアパートに向かう。住所番地は知らないが、一度だけ訪れていたので駅からの道順は覚えていた。後部座席に寄りかかる暇もなく、身を乗り出したまま右左と、運転手に道を伝える。

アパートに着いたのは、ちょうど十一時くらいだった。

呼び鈴を鳴らし、反応を得る数秒がやけに長く感じられる。どちらさまですか、の問いに城下は答えなかった。いや、答えられなかった。

自分だとわかったら、ドアを開けてくれない気がして怖かった。

「……あきら？」

城下のマンションに比べたら、ずいぶん薄っぺらで安物の扉が開いた。

ワイシャツの上に地味なセーターを着た悠一が立っている。学校から戻ってまだ着替えていないらしい。

「なんで、電話に出ないんだ」

謝るつもりで来たのに、責めるような第一声になってしまう。

「……もう、いいから」

悠一はそう言った。質問の答えになっていない。なにがどういいのか城下にはわからない。

「なにがいいんだよ」

「もう電話はいい」

「……これからは毎晩電話しなくていいってことか？」

うん、と悠一は頷く。

予想に反し、悠一は少しも怒ってない。とても静かな――無表情だった。それがかえって城下にいやな予感を与える。

「僕たち、終わりにしよう」

そして予感は的中した。

「おい――悪かったよ、ごめん、おれ本当に携帯なくして……」

「だから、もういいんだ。あきらを責めるつもりはないよ。毎日電話しろなんて頼む僕が図々しかったんだと思う」

「悠一」

肩に触れようとすると、スッと一歩退く。触るなと言われているのも同然だった。

「今まで、ありがとう」

「こらこら、なに拗ねてるんだ？」

苦笑を演出したものの、城下はかなり焦っていた。悠一が別れを切り出してくるとは思わなかったのだ。もしかしたら、コウが余計なネタを吹き込んだのではないか、悠一はすべて知っているのではないか――追い詰められ、冷静な判断力が失われていく。

まるで、追われている兎だ。

「あいつの言うことなんか本気にとるなよ？」

「あいつ？……ああ、電話に出た人？」

しまった、墓穴を掘ったか。

底冷えする冬の夜だというのに、城下の額に汗が滲む。いつのまにか拳を握り込んでいる。

「あの人は、丁寧で――親切な人だったよ」

「悠一、違うんだ。話を聞いてくれよ」

「聞くべき話なんかない」

悠一の大きな瞳が、城下を見る。いつも恥ずかしそうに、愛おしそうに見つめてくれた瞳が……

今夜は黒いガラス球のように冷たかった。

「あきらは電話をしてくれなかった。二晩」

悠一がゆっくりと、首を横に振る。その頑なな仕草を見たとき、城下の中で張り詰めていた糸がぷつん、と切れた。

「なんなんだよおまえ！」

ふられかけて怒鳴るなんて格好の悪いことをしている自分が、城下は信じられない。

「たった二晩電話をしなかっただけで、ハイおしまい、かよ！　いったい何様のつもりなんだ、どういう神経だよそれって！」

それでも言葉は止まらない。悠一は殴られる寸前の子供のように俯いて、身体を竦ませている。微かに震えてすらいるのに、それでも繰り返されるセリフは同じだった。

「……今まで……ありが……」

城下は思いきり、ドアを蹴った。薄いドアが城下のブーツを受け止めて騒音をたてる。近所の連中はなにごとかと思っているだろう。癇癪をドアにぶつけると、少し気分が落ちついた。おれはなにをしているんだ、まるで袖に縋る女だぜと、城下は奥歯を噛む。

「………悠一。本当に謝るから。土下座しろっていうなら、するから」

それでも、こんなことで終わりにしたくない。悠一を、手放したくないのだ。

ずっと外された視線が、城下を見る。嘘をつかない、悠一の目。

「ごめんなさい、あきら」

それが、城下に向けられた最後の言葉となった。


失恋などという単語は、城下の辞書にはなかった。

それは城下がもてまくりで常に相手をふる立場だったという話ではなく、相手側から遠のくにしても、城下からやめようか、と言い出す場合でも、その関係は失恋などという大仰な単語が似合うほどの濃さを残していなかっただけのことだ。

薄い、薄い恋愛。

恋愛、のようなもの。恋愛に似せたなにか。

セックスを伴った友情の変形――いや、友情にも届かない関係。

だから終わった瞬間に、一抹のさみしさは覚えるものの、やがては日常のせわしなさに忘れていく……その程度のものだった。

悠一とのことも、同じだ。

城下はそう思い込もうとした。その姿勢がすでに無理なのだとは気づかなかった。気づかないほど、必死だった。最初のうちは、悠一の存在すら忘れようとした。約半年のつきあいを自分の中でなかったことにしたかった。

やがて、それは無理だと思い知る。

日に何度も、思いだしてしまう。起き抜けに思いだし、眠る前に顔が浮かぶ。幾度も現れる面影を打ち消し、その繰り返しはほとんど永遠にも思えた。

——きりがない。

だめだ、認めよう……悠一との日々を認めよう。

そう覚悟が決まるまでに、一カ月ほどの日数を要した。貴重な正月休みもほとんど閉じ籠もってすごし、コウから何度か連絡が入ったが、無視したままになった。悠一について、誰かに話したかったが、コウではだめだ。

店の誰かでも当然だめだ。城下は自分がゲイであると公言していないし、そもそも『チーフの城下さん』がふられて落ち込んでいる姿を後輩たちに晒すわけにはいかない。

そして正月明け、唯一思いついた話し相手を城下は自宅に招いた。

年下ではあるが、信頼できる相手だった。彼は久しぶりに会えますね、と素直に喜んでくれた上、買い物袋と一升瓶まで下げて来てくれた。

「変なんだよ、あいつ。そう思わないか？」

「変って？」

「だって、たったの二日電話しなかっただけで許せないなんてさ。神経質すぎやしないか？」

「でも、そういう生真面目《きまじめ》なところがあるのは、城下さんも承知してたんでしょう？」

辻堂《つじどう》望はそう言って、鱈《たら》の切り身を崩さぬよう、静かに土鍋に沈めた。

「神経質と真面目は違うだろ？」

「違うところもあるけど、キチンとしてない状況に不快を感じる点では、一緒だと思う」

「不快って、なんかひどいなぁ」

「ひどいのは城下さんだよ。浮気したくせに」

そう言われてしまうと、二の句が継げない。望は慣れた手つきで大手デパートで買ってきた高級豆腐を適当な大きさに切り、鍋に入れていく。

利尻昆布の深緑の上に、白のコントラストが綺麗だった。湯豆腐が食べたいと言い出したのは、望である。

「でも、ちょっとびっくりした。城下さんちに土鍋があるなんて予想外」

「悠一が……鍋すんの好きだったんだよ。湯豆腐もしたけど、こんな高い豆腐買わなかったなあいつは。駅前の豆腐屋さんで充分だって言ってさ」

「堅実な人だったんだね……いや、堅実な人は城下さんとつきあわないか」

笑いながら言われてしまい、城下は口を尖らせる。

「なんかなー。望くんの喋り方、玲治《れいじ》に似てきたぞ。妙に客観的でちょっとイヤミっぽいあたりとか」

「うそ。玲に似てるなら、すごく嬉しい」

「はいはい、ごっそーさんです。……あいつ、どうしてるって？」

望の表情が僅かに変化する。

それは微笑みの一種なのだが、長い間たったひとりの人間を待っている者だけが持つ独特の笑みだった。悲しみとさみしさを大きな真綿でくるんだような……心が凍らないように、耐えられるようにと祈り続けた末の、微笑。

「小嶋《こじま》さんの話だと、もうすぐ二度目の審査会があるみたい」

小嶋さんとは服役中である玲治の叔父で、身元引受人になっている人物である。

ずいぶん長い間音信不通だったらしいが、事件を知って自ら玲治に会いにきてくれた唯一の親戚だ。玲治には他に身内と呼べる人物はいない。

「本人に、出所して更生したいっていう明確な意志がないと、仮釈放は難しいんだって。前回は、玲のほうでその意志が……あんまりなかったみたいだね」

「……もったいないよなぁ……あいつ、刑務所で毎日なにしてるんだろう？」

「点字の勉強は終わったみたい。所長さんが驚くほどの短期間でマスターしたらしいよ。小嶋さん話してた。……玲は頭がいいもんね。もしかしたら、特別にパソコンが貸与されるかもって。ほら、画面を読み上げてくれるソフトがあるじゃない？　そしたら、玲はプログラマーの仕事もできるよね？　すごい優秀なプログラマーだったんだし」

恋人の美点をあげる望は、とても嬉しそうな顔をする。

ふと、思いだす。悠一が以前、言っていた。

――同僚の先生にね、最近オシャレになったって言われたんだ。彼女ができたんじゃないの、なんて突っ込まれて……つい、すごく腕のいい美容師なんですって話しちゃったよ……

そのとき悠一は、今の望のような顔をしてくれたのだろうか。

「城下さん？」

きっと――きっと、したと思った。悠一は、とても素直なのだから。

「……いや、なんでもない……そういえば、悠一も点字を勉強したいって言ってたな……」

「そっち系の活動に興味のある人なんだ？」

「養護の先生と仲がよかったみたいなんだけど、その先生の旦那さんが盲学校の先生なんだ。休みの日に遊びに行ったりしてると、たいていそのご夫婦の家だった」

「へえ――そういう人とつきあって、どうだった？」

望の質問の意図がわからず、城下は視線で問い返した。

「ん、だから、城下さんて、どっちかっていうと障害ある人とか、ボランティアとか、興味はないほうでしょ？」

「ああ……ないな。今でも、ないよ。まあ玲治が出てきたら、多少は考えるかもしれないけど」

他人になにかをしてあげるという発想が、城下は苦手だった。奉仕活動が善行なのはわかっていても、どうも恩着せがましさが鼻につく。

もちろんそれは実際に活動を行っている人たちが恩着せがましいわけではなく、なにもしていない城下が勝手な言い訳を作っているだけなのだろう。悠一は学校ぐるみで地域ボランティアに参加していたが、城下はその話をいつもぼんやりと聞くだけだった。

「だからさ。ちょっと意外だったんだよね。学校の先生で、真面目で、奉仕精神があって、しかもノンケ。ぜんぜん城下さんの範疇《はんちゅう》から外れてるもん」

鍋の蓋がコトコトと動く。おっと、と望が蓋を取り、火を弱めた。

湯気が束の間、城下の視界をぼやかせる。………望が、悠一に見える。

「外れてるから――面白かったんだよ」

穴の空いたおたまで、望が豆腐と鱈をひときれ掬《すく》い、小鉢を城下に渡してくれた。

「ああ、そっか。で、はまっちゃったんだね」

「はまってなんか、」

「自覚がないとは言わせないよ城下さん。僕、今まで城下さんから恋愛の愚痴なんか聞いたことないもの。それだけ引きずってるのって、まさしくはまってたからじゃない、その、悠一さんっていう先生に」

他人に筋道立てて言われると、自分にだけ有効だった都合のいい辻褄などガラガラと簡単に崩れていく。望も大人になったものだ。最初に会ったときは、十九の大学生で玲治にいいように翻弄されていたというのに――

「はは」

笑うしか、ないだろう。

「そうだな、ハハ、その通りだよ」

「無理して笑わなくてもいいですよ、城下さん」

「いや、笑わせてくれ。ほかの顔を見せるのは、おれのプライドがちょっと」

豆腐に、醤油だれをつける。純白が、汚れる。

最初はその無垢さが面白かった。自分の色に染めてみたくなった。

つきあい始めれば、身体は快楽に素直で……けれどそれは悠一が特別淫らだったわけではなく、城下を全面的に信頼していたからだった。

信頼して――城下はやっと気がつく。

悠一は、信じていてくれたのだ。

「どうですか、お豆腐」

「……熱い」

口の中で絹ごしが崩れる。豆腐はやけどしそうに熱かった。

「あれ。じゃ、僕は鱈からにしようっと」

確かに、電話をしなかったくらいで、いきなりの三行半《みくだりはん》はないと思う。けれどもその「約束」を破ったのは城下のほうなのだ。

「約束を……守れなかった」

「そうですね」

望は頷く。望もまた「約束」をしている。

「毎晩電話をするという約束が、どういう意味を持つのか、あるいは単に悠一さんが寂しがり屋なのか——そのへんは僕にもわかりませんけど、でも約束は、約束ですから」

口の中が痛い。城下の顔が歪む。

「でも、僕は最近思うんだけれども……約束っていうのは……その内容にはあんまり意味がないのかもしれない」

でんわを、してね——悠一の声が聞こえてくる。耳ではなく、城下の胸に届く柔らかい声。

「どんな小さな約束でも、守り続けることに意味があるのかなと思うんです。約束は、言ってみればおまじないみたいなものなのかな」

「おまじない？」

ええ、と望がやっと豆腐を口に入れる。小鉢で冷まされた豆腐は、望の口の中を傷つけることはない。城下は望が豆腐を食べ終わるまで、言葉の続きを待った。

「たとえば、僕が玲にしたような、勝手な一方的な約束ですら……僕を支えてくれている。僕は玲に『ずっと待っている』と約束しました。城下さんに、それを伝えてもらいました。玲はウンと言ったわけじゃなくても、伝わっただけで、僕にとってその約束は成立しました」

「……それが、おまじない、なのか」

望は箸を置いて、ローテーブルの向こうにある掃き出し窓を見た。

そして窓に向かって微笑みかける。まるでそこに、恋人が立っているかのように。

「そう。おまじないみたいに不思議な力を持っている。僕は何度かくじけそうになりながら、ちゃんと玲を待ち続けていられるのはそのお陰かな、なんて思ったりもする」

「望くんが、辛抱強いだけだろう」

「辛抱強くいられるのは『約束』したからです……玲がその約束を、認めているかどうかは別として、知っているからです」

そう言ったあと、望は視線を土鍋に戻して「ああ、そうか」と呟く。

「僕も今喋ってて、初めてわかった………」

「なに？」

新しい豆腐を掬いながら、望が教えてくれる。

「『約束』って、つまり絆なんですね。僕と玲を未だ結んでくれている絆……なんだか子供の頃に『約束を破っちゃいけない』って教わったけど、どうしてなのか今わかった……うわ、遅すぎますよねぇ」

遅すぎるのは、城下である。

約束が絆ならば、それを軽んじていた城下は、つまり悠一との絆を軽んじていたことになる。

「これは僕の勝手な推察ですけど、悠一さんはその約束が守られていると、城下さんとの絆を感じられて安心だったんじゃないかな……だとしたら、破られたらショックだろうし」

どうしたら、いいのだろう。

そう思ったのが顔に出たらしい。望はウーンと唸って、僕に聞かれてもねぇ、という困惑顔になる。

「諦めないで、粘るしかないんじゃないかなぁ」

「……粘るって、ストーカーでもしろっていうのか」

向こうがきっぱり『許せない』と言ったのだ。あれきり電話にも出ないし、もちろん店にも現れない。どう粘ればいいのか、城下には見当もつかない。

「ストーカーって……相手に迷惑な真似してどうするんですか。具体的な対策は自分で考えてくださいよ、城下さん恋愛関係は百戦錬磨でしょ」

「こんなのは、初めてなんだよ」

「七つも年下の僕に頼ってどうするんですか」

「おまえのほうがヘヴィな恋愛経験は豊富だ」

「そのヘヴィな人は、城下さんの親友ですよ？」

漫才の掛け合いみたいな会話になってしまい、ふたりで少し笑った。

「こんな城下さんは初めてだなァ。本当に好きだったんですね、その人のこと」

「……ああ。気がつくのが、遅すぎたけどな」

年下で、扱いやすいと思っていた。

素直で嘘をつかない悠一。生徒たちと撮った写真を、気恥ずかしげに、同時に誇らしい顔で見せてくれた悠一。

毎晩の電話を――必ず「電話をありがとう」で締めくくった悠一。

あの愛しい声を、城下はもう聞けない。そう思うと、息が詰まるほど悲しくなった。小さな約束を軽んじた結果、自分がなにを失ったのか改めて思い知る。

悠一は、ほかになにも望まなかったのに。

たったひとつの、約束だったのに――

「諦め、られない……」

「諦めなくていいと思いますよ。好きでいるのは、こっちの勝手だもの」

湯豆腐鍋の一角に、望が徳利を沈めた。熱燗で飲みたくなったらしい。

「でもね、反応くれない相手を好きでい続けるのって、結構大変ですよ。苦しいし」

「おまえが言うと説得力あるなぁ」

「苦労人だもん、僕」

ふざけた口調でそう言い、望は城下に酌をしてくれる。

「酔いましょうか、たまには」

苦労人がしみじみと言う。

そうだな、と城下は同意する。

今夜のようにしんしんと冷える日は、温かい鍋と友人の手を借りて酔おう。自分の愚かさをなんども愚痴りながら、悠一がどんなに可愛い恋人だったかを繰り返しながら、みっともなく酔ってしまおう。

「メール、しちゃだめかな」

「日に何度もしたら、ストーカーっぽいかも」

「手紙、は?」

「んー、そっちのほうが誠意は感じられますけど、でもやっぱ毎日来たら不気味なだけだと思うな。僕だったら、引くもん」

「じゃあどーしたらいいんだよー」

満たされる杯をつぎつぎに空けながら、熱い喉で城下は呻くように言った。

「自分で考えてくださいよ、そんなの。僕はやけ酒につきあうらけー」

望も呂律《ろれつ》が怪しくなってきた。

小さな杯だと酌が面倒で、城下はキッチンから普段使いのコップを持ってきた。こっちなら、そう簡単には空かない。

「飲むぞ、望くん」

「ハイハイ」

思い切り酔ったら、そのあと自分がどうするべきなのか、きちんと考える。だがとりあえず、今夜のところは惨めに潰れてみせよう。

酔い潰れたあと、夢に悠一が訪れてくれるのを祈りながら。

集い

CROSS NOVELS

初めて副担任を受け持ったクラスに、ある男子生徒がいた。

明るい性格の、騒がしいくらいの子で、いつも教室に笑いをもたらしてくれた。

三学期の始め、風邪をひいたという連絡が入った。三日がすぎても彼は登校してこない。高熱が続き、脳炎の診断が下って、一時は危篤状態にまで陥った。

幸い一命は取り留めたが、彼は視力を失ってしまった。

彼になにを言ってやればいいのかわからないまま、悠一《ゆういち》は病院に出向いた。すると彼は悠一の手をぎゅっと握り
「先生、んな暗い顔すんなって……なーんちゃって見えないけど」

そう冗談を言い、笑ったのだ。

悠一は涙が止まらなくなった。

彼はその後、盲学校に転入し現在は鍼灸師の資格を得ようと頑張っている。今でもときどき電話をくれる彼が、こう話してくれたことがある。

「先生、知ってた？　点字って漢字がないんだぜ。ま、あんなポチポチの組み合わせで日本語を表すんだから、とーぜんなんだけどさー。でもおれ、自分が見えなくなるまで、そんなことぜんっぜん知らなかったよー」

悠一もまた、知らなかった。

正直そう言うと「先生、相変わらずだなー」と彼は笑った。

そのとき、彼が愛読していたミステリ小説をふと思いだした。シリーズものなのだが、彼はその続きをもう読むことができない。

誰かに音読してもらうか、あるいは点訳されるまでは。

それが、悠一が点訳ボランティアに興味を持ったきっかけだった。

時間の都合がなかなかつかず、独学も考えたのだが、本を一冊買ってみてそう簡単なものではないと知った。点字は縦三点、横二列の六つの凸点で表される。一つ点を間違うと、まったく違う文字となってしまう。言葉と言葉のあいだに入る空白「分かち書き」のルールも複雑だ。やはり、詳しい人について勉強したいと思うようになっていた。

――なにか、打ち込むものが欲しかったのも、ある。

去年末に、悠一は恋人と別れた。

初めての恋で、初めて寝た相手で、しかも同性だった。あまり女性に興味が湧かない自分にうすうす気がついてはいたが、こんなにも簡単に男とセックスできた自分にも驚いた。悠一はかなり慎重派、言い換えれば臆病な性格で、親しい友人を作るのですら時間のかかるほうなのだ。

おそらく、相手のリードがうまかったのだろう。遊び慣れた雰囲気の人だった。

背が高く、美男子で、少しだけ伸ばした顎髭がよく似合っていた。美容師だった彼は、仕事の腕前も折り紙付きで、妹の強い勧めで店を訪れた悠一は、自分で自分の変わりようにびっくりしたくらいだった。

相談事をもちかけられ、彼と店の外で会う約束をしたとき、とてもドキドキしたのをよく覚えている。

その相談事も作り話だったと知ったのは、なにもかも終わったあとに来た彼からの手紙でだ。もしかしたら、と思ってはいたのでそれほどショックでもなかった。いかにも彼が考えつきそうな嘘である。

悠一は彼が思っているよりはすれていて、内心ではずいぶん彼を疑っていた。自分が饒舌ではないぶん、相手の話す様子はじっと見るので、嘘をつかれるとわかることも多い。

あのときの彼もいつもより若干早口で、手をせわしなく動かしていたから少しおかしいなとは感じていた。

だが、悠一は真摯《しんし》に答えた。自分について話すのは苦手だが、架空であれ子供について話していると、熱心になってしまうのだ。

そのあとで食事に誘われた。きっとなにかの、暇潰しなんだろうと思った。

彼の友人として自分が選ばれるとは思っていなかったし、友人以上を求められているなんて図々しい考えもなかった。それでも悠一は自分の持っていないものをすべて持っている彼に強く惹かれ、次の連絡は自分からメールを入れたのだ。

そうして、関係が始まった。楽しくて、同時に苦しい日々だった。

自分のような堅物なタイプが、珍しいだけで……身体に飽きたら捨てられてしまうのだろう。

いつもそんなことばかり考えていた。それでも素直なふりを続けていたのは、きっとそういう悠一を、彼が喜ぶと思ったのだ。

今更、いろいろ思い返してもせんないことだ。

彼から来た謝罪の手紙に、返事を書いてはいない。手紙はそのあとも二週に一度のペースで来ている。文章はうまくないし、ひどい癖字だ。彼はふだん手紙など書くタイプではない。それは悠一にもよくわかっている。内容はほとんど彼の日常の報告で、返事を期待している様子はなかった。どこか遠慮がちな手紙の最後は、いつも「おやすみ悠一」で締めくくられている。

やめようと思っているのに、どうしていつも彼について考えてしまうのか。職員用の靴箱の前で、悠一はくちびるを噛みしめた。すり減った革靴に足を入れ、やや俯きがちに歩き出す。

放課後の学校は独特のさみしげな雰囲気がある。

いつもならグラウンドで練習をしている野球部も、期末試験が近いのでその姿が見えない。校舎から出た悠一は、暮れる寸前の夏空を見上げる。一学期も残り少ない。

「せんせーさよーならァー」

「森野《もりの》ちゃん、バイバーイ」

ギターケースを担いで追い越していくのは、軽音楽部の子たちだ。どんな生徒にどんな挨拶をされても、悠一は決まった言葉を返す。

「さようなら、また明日ね」

週末ならば「また月曜日にね」だ。

この決まり文句を物まねする不埒者もいるくらいだが、悠一はやめるつもりはなかった。学校で、きみを待っているよ――そう生徒に伝えたいからだ。もちろん悠一だって聖人君子ではないから、苦手な生徒もいる。けれどこれは、好みの問題ではない。

生徒がいなければ学校は成り立たない。どんなに優れた教師ばかり百人いても生徒がいなければ、それは学校ではない。

「森野っちゃん、なんかカバンでかいねー」

通用門のところで、悠一が副担任をしている二年生の渡辺《わたなべ》に出くわした。部活動はしていないはずなのだが、いつも閉門ギリギリまで図書館にいる男子生徒だ。本が好きなのか、あまり家に帰りたくないのか……あるいは両方かもしれない。彼の父親は春に再婚したばかりで、渡辺は新しい母親にまだ馴染んでいないようだと、担任の先生から聞いている。

「大きいですね、でしょ」

「えー、意味一緒じゃーん。先生、コトバ丁寧なのはいいけどさ、ちょいオネエ入ってるって、もっぱらの噂だよー」

渡辺は成績も平均値で、素行が特別悪いわけでもない。軽薄な口ききをするのだが、どこか醒めたところもある少年だった。

「オネエ？」

「女言葉。オカマっぽいってこと」

悠一はああ、と笑いながら
「汚い男言葉より、オネエコトバのほうが僕は好きだから、それでもいいよ」

そう渡辺に言った。フーン、と渡辺は視線を逸《そ》らす。なんとなく話をしたそうだったので、駅まで同じ歩調で歩く。渡辺の家は駅を越えた先なのだ。

「で、そのカバンはなんでそんなに大きいのでスかー」

「本がたくさん入っているからですー」

「へー。先生ってどんな本読むの？　マンガじゃないだろ？」

「マンガも読むけど、それは自宅でね。今日はこのあとの点字の勉強会で使う本」

渡辺はへー、とさして興味もなさそうな声を出す。だがしばらく黙って歩いたあと
「点字って、目の見えない人のためのポチポチしたやつだよな」

と聞いてきた。そうだよ、と悠一は答える。

「先生、目見えるジャン」

「点訳は……点字に翻訳するのを点訳と言うんだけどね、それは目の見える人じゃないとできないでしょう？」

「つまりボランティアしたいわけ？」

「そう」

「でも、ボランティアとかって、自己満足じゃん」

「ああ、ウン。そうだね」

悠一は否定しなかった。

自分の意志で、好きでやっていることだ。言われてみれば自己満足である。

「僕は本がとても好きなので」

そのあと、ゆっくりと言葉を探しながら説明を加えた。

「自分が読んだ面白い本を、誰かに教えたくなるときがある。目が見えるのに、読書が嫌いな人も多くて、それはそれで構わない。でもすごく読書が好きなのに、点訳本が少なくて読めないとしたらすごく残念でしょ」

渡辺は黙ったまま、悠一の横を歩いている。

相づちひとつあるわけではないが、聞いているのは伝わってきた。

「僕は自分が面白かった本を、目の見えない人にも読めたらいいのにと思った。それで、僕に『面白かった！』とか『いまいちじゃん』とか言って欲しい。本の話をたくさんしたい」

更に付け足す。

「ちなみに感謝されるのも大好きだ。誰かにありがとうって言われるのはすごく気持ちがいいからね。そう意味では、まったくもって自己満足」

「……面白いのかよ、点字って」

やっと返ってきた反応に、悠一は微笑む。

「難しくて、面白い。もっとも最近はパソコンソフトも開発されてきたようだから、今後点訳者の負担はかなり減っていくと思うんだよね。……なんていろいろ知ったかぶってるけど、実は今日が初日なんだよ」

なんだよー、と渡辺が笑った。そして
「じゃ、続くかどうかだって怪しいもんじゃん」

などと厳しい指摘までしてくる。そのへんは悠一もやや不安ではある。教師というのは決して時間に余裕のもてる仕事ではない。

「まあ、頑張ってみます」

「頑張れよー」

教師と生徒があべこべになったような会話に、ふたりで笑った。


区の施設で行われた無料の点字教室は、学校の教室よりひとまわり小さな会議室で行われていた。最初に講師からのおおまかな説明があり、次にまずは実際に点字を作ってみようと例題が与えられる。講師の補佐として、数人のアシスタントが控えていた。

悠一は自分の担当をしてくれるアシスタントを見たとき、少し驚いてしまった。

「御厨《みくりや》と言います」

とても美しい彫刻像の目を狙って、誰かが傷をつけたかのような……そんな人だったのだ。

「あ……森野、です」

僅かな動揺は、声に出てしまったかもしれない。

「この通り、僕は片目が義眼です。……ちょっとコワイでしょ」

御厨の口元は静かに微笑んでいた。

「いえ、そんな」

「いいんですよ。このあいだは小さい子に泣かれちゃって……傷もいけないんでしょうね。指で触っても隆起がよくわかります」

確かに長めにしてある前髪に隠れ気味の義眼は、どうしても違和感があった。義眼となった原因であろう傷跡は、頬の途中まで走っている。なにか刃物で傷つけたように見える。この傷さえなかったらさぞ美しい人だったはずだ。

「こっちの目はまだ生きてるんです。視力はすごく弱くて……でも、明るいところならばぼんやりモノの形がわかります。だから室内ではあまり眼鏡で目を隠さないんですよ」

御厨が指で示した瞳が揺らめく。そちらの目の下にも傷がある。

「ホントはね、僕は盲人向けパソコン教室の講師なんです。今回は臨時で。点字もわかるんですけど、なにしろ見えないから説明がつたないと思いますが、よろしくお願いします」

「いえ、こちらこそよろしくお願いします」

初心者向けの点訳教室は三回のコースで、三回とも御厨が悠一の指導をしてくれるという。

御厨が恐ろしく頭のいい男だというのは、すぐにわかった。悠一も人にものを教える難しさは知ってるつもりである。自分が知っていることを、知らない相手にわかりやすく説明するのは、決して容易ではない。ましてや御厨は、悠一が与えられたテキストが見えていないのだ。

思わず悠一は御厨に聞いてしまった。

どうして、見えないのにそんなにわかりやすく説明できるんですか、と。

「僕はただ、森野さんの担当でラッキーだったんですよ。国語の先生なら、文節とか、自立語とかの言葉を説明しないですむもの」

御厨はそう謙遜したが、決してそれだけではない。

彼はときおり悠一にテキストを読んでくださいと頼む。そして悠一が必要分を読み終えると同時に、テキストでは足らない説明を補足し、冗長すぎた部分は「つまりこういう意味」と端的な別の切り口で教えてくれる。

頭が切れるとは、こういうことか——悠一は御厨に尊敬の念すら抱いた。こんなふうに生徒を指導できたらどんなにいいだろう。

三回めの初心者クラスを終えたあと、悠一は点訳ソフトについての勉強を続けることにした。

そのクラスは御厨と晴眼者の講師がふたりで受け持っていた。夏休みの集中コースは二週間で、学校の当直日が重なった日以外、悠一は真面目に通った。これを機にノートパソコンまで新しく買い換えたくらいである。

他に生徒の補習も請け負っていた悠一なので、忙しく、充実した夏だった。

無理矢理に充実させたと言えなくもない。手紙は相変わらず届く。

そして悠一はそれを無視できない。どうしても、読まずにはいられない。そして彼が今でも自分について気にかけているのを知り、胸を撫で下ろす。何度も繰り返し読み、彼を思いだし、そして顔が見たくなる……。

夏休みも終わりに近づいたある日、悠一は青山まででかけた。

自分でもバカな真似だとわかっていたが、地下鉄に乗りたがる脚を止められなかった。ひと目見るだけだ、それだけだ。自分に言い聞かせて店の前にさしかかる。

通りすぎる数秒間で、彼を探した。

彼はガラスの向こうで、綺麗な女性客のカットをしていた。

悠一には気がつかなかった。

髪型も、その笑顔も、半年前とほとんど変わっていない。やっぱり、とても格好いい男だった。

悠一などいなくても、彼はちゃんとやっている——わかりきっていた現実を目の当たりにして、とても悲しい気分になった。

僕はいったい、なにをしているんだろう。

情けなくて、俯きながら早足で歩く。後頭部をジリジリと太陽が照りつけて、まるでなじられているようだった。……おまえがふったくせに、今更未練たらしいったらないぞ、と。

陽光から逃れたくて、街路樹の影を求めた。

俯いたまま移動したので、人とぶつかってしまう。

「あ、すみません。大丈夫でしたか」

慌てて手をさしのべたのは、ぶつかったのが白杖を持った人だったからだ。

「……森野先生？」

「あ、御厨さん」

一瞬、わからなかったのは御厨がサングラスをかけており、かつ髪型が変わっていたからだった。肩につくほどの長さだった髪が、スッキリとしたショートスタイルになっていた。ただし、前髪だけは傷を隠すために長さを残してあり、そのアンバランスがかえってお洒落な雰囲気を醸しだしていた。

「偶然ですね。……おひとりなんですか？」

「ええ。御厨さんも？」

お互いに連れがないとわかったので、なにか冷たいものでも飲みましょうか、という話になった。御厨は一休みしたかったのだが、ひとりだと喫茶店に入れないので、悠一に会えて助かったと喜ぶ。

通り沿いにあった静かなカフェを選んで、ふたり腰を落ちつけた。

「参りました。こんなに暑くなるとは思っていなかったので」

御厨はグラスの水を半分まで一気に飲んで言う。

「あの、どうしてひとりだと喫茶店に入れないんですか？　メニューを読んでもらわなきゃならないから？」

悠一の愚かな質問を、御厨は笑って許してくれた。

「いいえ。ふと喉が渇いたとき、喫茶店がどこにあるのかがわからないんです。カンバンの文字は余程大きくないと、僕には読めないので」

「あ……っ、ごめんなさい」

「罰として、メニューを読み上げてくださいね」

喜んでその罰を受け、悠一は女の子が好きそうなパルフェの説明まで丁寧に読み上げた。御厨はさんざん悩んでいたが、結局マロングラッセのパルフェに落ちついた。

「甘いもの、お好きなんですね」

「ええ。一時期ほとんど口にできなかったので、その反動が来てまして」

「ダイエットですか？」

「そんなようなものです。……この一番上のは、栗でしょうか？」

届けられた美しいパルフェが、どんな構成になっているかを悠一は説明する。

御厨は美しい姿勢のまま、テーブルも口元も汚すことなくパルフェを堪能した。晴眼者の悠一のほうが、食べ方は下手なくらいだった。

「先生は、今日はなにかお買い物だったんですか？」

「いえ、ちょっとぶらぶらしてただけで……御厨さんは？」

もと恋人の姿が見たくて来たんですとは恥ずかしくて言えなかった。

「はい。この近くで友人が働いているので、久しぶりに会って叱られてきました」

「叱られて？」

「ええ。そりゃもう、こてんぱんに」

笑いながらのため息は、演出ではなく本気のようだった。今日の御厨はいつもより少し声に覇気がない。なにを叱られたのだろう、それは聞いていいのだろうか。

迷っているうちに、御厨は自ら語りだした。

「僕はね、先生」

自分より年上で、かつ点訳に関しては御厨こそが先生なわけだが、悠一はいつもこう呼ばれてしまう。名前でいいですと言ったこともあるのだが、先生のほうが言いやすいそうだ。

「わけあって、しばらく恋人と離れていました。七年近くです。恋人は僕をずっと待っていると約束してくれたんですが……いざ会える身の上になると、怖くて会いに行けない」

怖くて会いに行けない――

まさしく今の悠一と同じ状況だった。思わず、身を乗り出す。華奢《きゃしゃ》なテーブルがガタンと音を立てる。

「あ、ご、ごめんなさい。御厨さん、それ、僕もです」

「先生も？　会いに行けない人がいるんですか？」

「は、はい……僕は、すごく臆病なところがあって………」

そう言うと、御厨は少しだけあいだをおいて
「誰かを好きになると、みんな臆病になるんだと思いますよ」

優しい声でそう言ってくれる。

「僕もそうでした。臆病で、弱虫で、しかもそれを隠して……結果的には、好きな人をとても苦しめ、取り返しのつかないことを、してしまった……」

それは、御厨の目の傷と関係があるのだろうか。さすがに聞けないなと思ったそばから、御厨は告白する。

「この目はその代償です。――――いえ、代償にすらなっていない。僕の償《つぐな》いは……きっと一生、終わらない」

自分の内側に向かって話すような声だった。

あまり触れてはならない話題に思え、悠一は言葉を選び出せない。その戸惑いに気づいたのか、御厨が声を明るいトーンに変え、質問を振ってくる。

「まあ、僕のことはいいです。今たっぷり友人に叱られてきたし、今度は僕が先生を叱ってあげましょう。どうして、その人に会えないんですか？」

「えっ……それは、あの」

いきなり聞かれると、悠一は口ごもってしまう。

「会いに行ける立場じゃ、ないんです。別れようって言ったのは僕ですから」

それでもなんとか言葉を探した。

誰かに向けて喋れば、自分の中で燻《くすぶ》っている感情を整理できそうにも思える。御厨のように聡明で信用できる相手ならば、自分の胸のうちを明かすには適任だろう。

「別れた原因は？」

「……向こうが、約束を破ったからです。ほんの小さな約束でしたけど」

「どんな約束だったか聞いてもいいですか？」

悠一は返事をためらった。毎日電話をするという約束……考えれば考えるほど、小さな約束だ。くだらないと一蹴する人もいるだろう。

「あの……本当に、どうってことはない約束で……たぶん、僕、初めての恋愛でちょっとおかしくなってたんです――子供の頃を思いだしたり……甘えられる相手ができたことで、子供返りしてしまったのかもしれません」

悠一は小学校の三年生から、母方の伯父夫婦のもとで育った。

両親は妹の果歩《かほ》が生まれた年に離婚し、しばらくは母親が女手ひとつで悠一と果歩を育てていた。そういう場合、仕事はどうしても限られてくる。

「水商売だったと思います。よくは覚えていないんですけど、とにかく夜働いて、昼間は僕たちと一緒にいてくれました」

恋愛話をするはずなのに、こんな過去まで引っ張り出すのはおかしい。

けれど悠一は話し続け、御厨は黙って耳を傾けてくれた。

「夕方の五時頃にでかけて、夜中の二時頃に戻っていたと思います。それで、毎晩十時すぎくらいにアパートに電話がかかってくるんです」

「お母さんから？」

「ええ」

——悠クン、ママよ。果歩ちゃんは大人しく寝てる？　そう、いい子ねふたりとも。悠クンはいいお兄ちゃんね。じゃあカギちゃんとかけて寝るのよ……おやすみ……

「僕はその電話を受けてから寝るのが習慣になりました。ときどき電話が遅くなると、なんだか不安で電話の前でじっと座って待っていました。妹はまだ三つか四つで、その頃のことは覚えていないみたいですけど」

果歩は母親の記憶がほとんどない。伯父夫婦を本当の両親のように慕い、ゆくゆくは養女になる話も出ている。兄の悠一とは正反対の明朗快活な子で、いつでも明るく笑っている。

けれどもその明るさの根本が、伯父夫婦や兄に心配をかけたくないという妹なりの気遣いだと、悠一はわかっていた。あるいは果歩は悠一よりもずっと我慢強い子なのかもしれない。

そんな妹が、中学生のときにポツリと漏らした一言を、悠一は忘れられない。

――お兄ちゃん。あたしたち、捨てられたのかなぁ……

なにも、答えられなかった。あの夜を妹は覚えているのだろうか。

電話のかかってこなかった夜。朝まで電話を待ちながら、おかしい、と悠一は気がついた。電話もない。母も帰ってこない。幼い妹を揺り起こして、悠一は言った。

ママが、帰ってこないよ。

妹はきょとんとした顔を見せた。

「どうやら、母には男がいたみたいなんです。その男と一緒に逃げた……伯父はそんなふうに言ってましたね。結局それっきりで、今どこにいるのか、生きているのかもわかりません」

「そうでしたか」

御厨は短い相づちのあと、コーヒーを追加注文して欲しいと言った。悠一は自分のぶんも一緒にオーダーする。店内は冷房が効いている上、ふたりともアイスクリームのたっぷり入ったパルフェを食べたので、少し身体が冷えていた。

「僕は、恋人に毎晩電話をして欲しいって頼んだんです。昔の母がしてくれたように。そうすると、安心して眠れるような気がして」

「では約束というのは、電話のことですか？」

「ええ。他愛ないでしょう。その約束を彼が……あっ……………」

悠一は顔色を蒼白にして、言葉を途切らせた。だが御厨は少しも動じる様子がない。

「ああ、彼、なんですね。で、彼は約束を破ったんですね？」

「は……はい」

「あのね、先生」

「はい……」

「僕の大切な人も、彼、です。だからそんなに硬くならないでいいんですよ」

「え――」

ちょうど、コーヒーが運ばれてきたので、悠一は驚愕の声を呑み込む。

御厨は指先でソーサーを探り、そのままカップの取っ手を探り、ゆっくり持ち上げて「まだ熱そうかな」と一度ソーサーに戻した。優雅な仕草だった。

「さて。その約束を守らなかった彼を、先生は許せなくてふったんですよね？　なのにどうして会いたいと思うんですか？」

そのもっともな疑問に、悠一は即答できなかった。

「あの……そんな理由でふるなんて、バカだったかなって………」

「いけませんよ先生、論旨がズレています。僕が聞いたのは、先生が彼に会いたい理由です」

悠一は黙る。

答えはひとつで、悠一だってもうわかっている。でもそれを口に出すのは怖い。それを認めたら、必死の思いで彼と別れたことすら……意味をなくしてしまう。

「まだ好きなんでしょう？　ああ、というよりも」

御厨が顎に中指を当て、そのまま手のひらをふわりと返し、正面に座る悠一を示した。

「好きになりすぎるのが、怖くて……それで別れようとしたのかな先生は？」

……御厨には、敵《かな》わない。

悠一は諦めた。まさに全面降伏だ。

「……そうです。約束が破られたのは、ショックではあったけど……むしろこじつけです」

たった二日電話がなかっただけで、悠一はパニックに陥りそうになった。母を思いだし、またあんなふうに捨てられるのかと想像してしまったら、呼吸がたちまち浅くなる。どうやら浮気だったらしいと知ったあとは、胃が激しく痛んで食事ができなくなった。

こんなに苦しむなんて思っていなかった。

これ以上深みにはまったら、自分はとても保たないと思った。ストーカーだの刃傷沙汰だのを起こす人たちの気持ちがわかる気がした。

「れ、恋愛って狂気を孕《はら》んでいると思いませんか」

悠一の質問に、微笑んでいた御厨の口元が固まる。しばらくあいだをおいて

「そうかも、しれませんね」

と短い答えが返ってきた。

「けれども、狂気を孕むのは恋愛関係に限った話ではないでしょう。夫婦、親子、友人……深い繋がりほど、危うい領域に足を踏み込むこともあるんだと思いますよ。たとえば僕の母は」

御厨の喉仏がゆっくり上下するのがわかった。

「――子供の頃に何度か僕の首を絞めました。僕が、眠っている夜中にね」

御厨の声はごく平静なトーンを保っていた。それでもその内容に衝撃を受けて、悠一は絶句する。眠る子供の首を絞めるのは――明らかに虐待である。

「……そ、それは……」

御厨はフッと短い息をつき、俯いて自分の額に手を当てて「失礼」と謝る。

「人様に聞かせるような話ではなかった。ごめんなさい。まあ母は、一時危ない状態だったんですよ。子供と言っても僕はもう中学生でしたから、実際絞め殺されたわけでもないし」

口調が少し早くなる。御厨がこれ以上その話題を続ける意志がない現れだ。悠一としても、介入できるような話ではない。

「話を戻しましょう……先生はどうして恋愛に狂気を感じたんですか？」

「ええと」

あんまり驚いたので、自分の考えていた内容を思いだすのに妙に時間がかかってしまう。

「狂気というのは大袈裟かもしれませんが……僕は、大人になってからここまで気持ちが乱れたのは初めてだったんです」

フウン、と御厨が首を傾げ、あと身体をやや前のめりにして聞いた。

「先生、一応お聞きしますが……もしかして初めてでした？」

顔が熱くなるのを感じながら、悠一は頷く。

「そ、そうです……僕は誰とも交際した経験が、なかったので。相手と別れたあとは、自分で自分の身体が制御できなくて驚きました。胃は食べ物を受けつけてくれないし、夜は眠れなくなってしまうし……とても、無理だと思いました」

「無理、というのは？」

「ですから……僕は恋愛には向いていないという……そういう、結論です」

御厨は姿勢を正し、冷めてきたコーヒーをゆっくり飲んだあと、しばらく黙っていた。

悠一も同じように無言になる。恋愛には向かない臆病者……つまり適性がないのだ。

「結婚というのは、社会制度なので向き不向きがあると思いますが……」

御厨が再び言葉を紡ぎだす。高すぎず、低すぎず、滑らかで美しい声だと思った。

「恋愛は、個人の感情の問題です。向き不向きでは語れない……たとえば、僕は結果的に恋人をとても傷つけてしまいました。たぶん、先生以上に恋愛には不向きです。かといって、それでも彼のことを……忘れられません」

御厨は顔を上げ、ほとんど見えないはずの目で悠一をまっすぐに捉える。

「彼は僕に約束をくれました。ずっと待っていると」

「……その約束は、守られているんでしょう？」

「そのようですね。僕はもう半年も彼から逃げている。彼はそれを知らずに、じっと僕を待っている」

「な、なんで会いに行ってあげないんですか」

質問した直後に気がつく。同じなのだ……御厨もまた、怖いのだ。

「言ったでしょう。僕は臆病者なんですよ。でもそれは決して自慢できる話ではない。しかも今日友人に言われて、僕は自分が臆病なだけではなく傲慢《ごうまん》なんだと気がついた」

「傲慢、ですか」

「そうです。待っているほうの身にもなれ、って。時間は永遠にあるわけじゃないんだ、明日世界が終わったらどうするんだって」

クスクスと笑いながらそう言い、御厨は目の端をさりげなく拭う。ほんの少しだけ、涙が滲んでいたのだ。

明日、世界が終わったら……いや、世界は終わったりしない。たとえば明日悠一が死んでも、世界はちゃんと続いている。その続いている世界に、悠一がいないだけの話だ。

そして、たとえば。

明日彼が、死んでしまったら？

彼がいない世界で、悠一は後悔しないと言えるのだろうか。

御厨は笑うのを止め、呼吸を整えるために大きくひとつ息をして続けた。

「確かに、今日と同じ明日が続くと考えるのは傲慢ですよね。……あいつも微妙に変わったなぁ。恋でもしたのかな」

悠一の胸に、傲慢という言葉が突き刺さる。自分もそうなのではないか。

手紙が来ることで、彼が自分を忘れたわけではないと確認している。

返事は書かず、自分の気持ちは隠したままで……ちっぽけな「約束」を破った彼にすべての責任を覆い被せている。

手紙の意味など、本当は知っている。

彼は、待っているのだ。悠一が彼を許すのを、待ってくれているのだ。

母からの電話がなかった夜、悠一はずっと不安だった。悲しかった。さみしかった。彼が電話をくれなかった二晩も同じだ。待つしかできない立場の辛さを、悠一はよく知っている。なのにそれを、今度は彼に強要している。

もう二度と会う気がないなら、迷惑だから手紙を書くなと言えばいい。

言いたくもないなら、郵便の受取拒否をすればいい。彼は封筒の裏面に、きちんと住所氏名を書いているのだ。

「僕はね、先生。明日、僕を待ってる人のところに行こうと思います」

その決心はごく穏やかな声によって伝えられた。

だが御厨は長いあいだ悩み、苦しみ、考え抜いてその結論に辿りついたのだろう。静かな表情の下にある葛藤は、本人にしかわからない。御厨の抱えている問題を悠一は知らないが、それでも恋人のもとに戻って欲しいと思う。心から、思う。

「……はい。それがいいと思います。きっと、喜ばれます」

「ありがとう。……えーと、先生って何歳でしたっけ？」

「僕ですか？　もうすぐ二十六ですけど」

悠一の返事に御厨が口元を綻ばせる。

「ああ、僕の恋人と同じですね。出会ったときは、まだ十九だったのに。彼がどんな青年になったのか見られないのが……悲しいな」

ゆっくりと、御厨は窓に顔を向けた。

太陽の位置が変わって、ちょうど強い光が差していたのだ。眩しすぎたのか、御厨は少し目をすがめた。そして
「でも……触れれば……きっとわかる」

そう呟く。

御厨が優しい手で恋人の顔を撫でている姿を、悠一は思い描いた。

指がその人の髪を梳《す》き、瞼の丸みを確かめ、鼻筋を通り、くちびるの柔らかさを知る。

やがて腕が伸び、彼を強く抱きしめる。彼も強く抱き返すのだろう。

それはとても、幸せそうな光景だった。


新学期が始まり、久しぶりに生徒たちの顔を見た。

日に焼けた子、髪を脱色した子、マニキュアが残ったままの子、一見変わらないのに表情が暗くなった子、薬指に指輪をしたまま登校する子……悠一は校門の前に立ち、どの子にも同じように「おはようございます」と声をかける。

校門に立っているのは、たまたま当番だったからだ。

以前は生徒の身だしなみのチェックが目的だったらしいが、今は朝の挨拶を活性化させるのが目的になっている。服装が乱れているからといって呼び止めて注意したりはしない。

「森野っちゃんオハヨーン」

「おはよう、渡辺」

浅黒く日焼けした渡辺は一回悠一の前を通りすぎ、それからまた戻ってきた。

「どうした？」

「なぁなぁ、森野ちゃんアレ続けてんの？」

アレとは点訳のことであろう。悠一は笑いながら頷いた。

「続いてるよ。やっぱりパソコンでやるとすごく便利なんだ。僕みたいに完璧にマスターしていなくても、点訳ができちゃうからね」

「フーン。そっか。ま、エライじゃん、続いてんなら」

偉そうに言った渡辺を、少し離れた位置にいた体育教師がジロリと睨《にら》んだ。渡辺は「いっけね」と肩を竦《すく》める。そして小走りに逃げる直前、

「今度、本貸してくんない?」

と聞いてきた。

悠一がいいよと答えると、歯を見せて笑い、校舎に向かって走っていく。

職員室に入ってから、初老の古典教師である担任にその話をすると「ああ」と思いだしたように教えてくれた。渡辺の新しい母親には前夫とのあいだに小学生の娘がいて、その子は生まれつきの全盲なのだという。

「あれで渡辺は優しいところのある子だからねぇ。新しい妹のために点訳を覚えたいんだろう。森野先生、力になってやってください」

「ええ、もちろんです」

思いつきで始めたことが、こんなに早く役に立つと思っていなかった。しかも、自分の生徒のためならば尚嬉しい。

初心者用のテキストに御厨が教えてくれた点を付け加えてコピーし、渡辺に渡してやろうと悠一は思う。御厨も喜んでくれるに違いない。

――御厨は、恋人に会えただろうか？

二学期は学校行事が忙しいので、悠一はしばらく講習には行けない。気にはなっているが、メールや電話で聞くのも不躾《ぶしつけ》だと思って、そのままになっている。

「ところで森野先生」

「はい」

古典教師はいつもずり下がり気味の眼鏡を押し上げながら

「そろそろ散髪時のようですねぇ。そのままだとヒッピーのようになってしまいますよ」

古い言葉を使ってそんなふうに言った。ヒッピーってどんなのだったかなと思いながら、悠一は自分の前髪を摘む。なるほどずいぶん伸びていた。

一学期末からそろそろ床屋にとは思っていたのだが、夏休み中はずるずると行きそびれていた。悠一のアパートの近所の床屋は、人柄はいいのだが腕前は――いささか大雑把すぎるのだ。一度行ってはみたものの、生徒たちに大不評だった。

彼に……あきらに、切ってもらえたら。

名前を胸で呟くだけで苦しいのは、未だにあきらを忘れていないからだ。

半年かけてもだめだった。

もともと嫌いになったわけではない。これ以上好きにならないために別れただけで、その選択は間違っていた。悠一は少しも楽にはならず、あきらからの手紙だけを待って生きている始末だ。

「……切りに、行ってきます」

「ん。そうなさい」

親ほども歳が違う古典教師は、満足げに頷き教室に戻っていった。

悠一は、この決心が揺らがないうちに、そして自分が必要以上に動揺しないように、あえて職員室からあきらの店に予約の電話を入れる。

呼び出し音のあいだに切ってしまいたくなる衝動を堪える。

勇気が欲しい。御厨のことを思った。たったの三コールが妙に長い。

やがて電話が繋がる。受付係は悠一を覚えてくれていた。

『あ、お久しぶりですね。城下と替わりますか?』

そう言ってくれたが、辞退して回線を切る。今あきらに電話口に出られたら、悠一は不整脈で倒れてしまいかねない。

携帯をたたむ悠一の手が、細かく震えていたがそれに気がつく教師は誰もいなかった。

始業式の日は授業は行われないので、昼前に生徒たちは下校する。

一部の熱心な運動部だけが残暑の厳しいグラウンドでかけ声と土埃をあげていた。悠一は二学期の行事予定を担任と打ち合わせ、午後二時すぎに学校を出た。本屋に寄って、夕食の買い物をゆっくりして帰ってもまだ夕方だった。久しぶりにカレーを作っていたらずいぶん汗をかいてしまい、食事の前にシャワーを浴びる。

陽は落ちたものの、蒸し暑い夜だった。

パジャマの下だけをはき、伸び放題の髪をごしごし拭きながらビールを飲む。半分飲んだら飽きてしまった。もともとそんなに酒は好きではない。

八月の後半に一度涼しくなったものの、残暑は九月半ばまで残りそうだと天気予報のキャスターが伝えている。飲みかけの缶ビールを卓袱台《ちゃぶだい》に置き、悠一はぼんやりとテレビを眺め、頭では別のことを考えていた。

予約の電話を入れたなんて、未だに信じられない。

そんなことがよくできたなぁと感心する。携帯の履歴を見返してしまうくらいだ。

カット予約を入れられたのは、三週間先の土曜日だった。あきらは相変わらずの人気ぶりなのだとホッとしたが、それまでこの頭でいたらまたなにか言われるかもしれない。

まあ、いいや……風呂上がりの濡れ髪に指を通し、そう思った。もう、あきら以外に切ってもらいたくない。この髪は他の誰にも触って欲しくない。

……あきらは悠一の予約を知って、どう思っただろうか。喜んで、くれただろうか。

ふと、不安が首を擡《もた》げる。

最後に手紙が来たのは八月の半ばだった。今月はまだ手紙をもらっていない。

夏のあいだにあきらが新しい恋人を作っていたら？

そうでなくとも、返事も寄越さない悠一にいいかげん腹を立てていたら？

悠一は、御厨のような『約束』をもらっているわけではない。

いつあきらが心を変えてもおかしくないし、あきらの周りにはモデルや芸能人などの美しい男女がいくらでもいるのだ。悠一だけをずっと待っていてくれる保証など、どこにもない。今日だって予約の電話を知り、内心「今更どのツラ下げて」と思っているのかもしれないのだ。

寒くもないのに、悠一の指先が冷たくなる……緊張のせいだ。

予約を取り消したくなる。

確かめに行くのが怖い。愚かな自分が招いた最悪の結果を、知るのが怖い。

これでは堂々巡りだとはわかっている。臆病は自慢できることではなく、ただの弱い自分の言い訳だ。それもわかっている。

それでも、あきらに冷たい視線を向けられたら――悠一には耐えられない。

やっぱり、行けない……悠一がそう結論づけかけた直後、アパートの外階段を駆け上がる騒々しい足音が聞こえてきた。

……まさか。

足音が近づいてくる。悠一は時計を見る。

十時少し前だった。あり得ない時間ではない。店が終わって、後片づけもせず、タクシーに飛び乗ってここまで来るとするのなら――――でも、まさか。

呼び鈴が、鳴る。隣の部屋ではない。間違いなく、悠一の部屋の古くさいチャイム音だった。

そしてそのあとに聞こえてきた声は
「悠一」

息を切らしているその声を……聞き間違えるはずがない。

「悠一……悠一――――」

一番愛しい人の声を、聞き間違えるはずがないのだ。悠一は自分がパジャマの下しか着ていないことすら忘れてドアに駆け寄った。

開けるなり強い腕に引き寄せられ、息も止まるほどに抱きしめられる。

「悠一!」

その背中にしがみついた。あきらからシャンプーとパーマ液のまざった微妙な匂いがする。

「………ご、めんなさい」

なにも考えずとも、最初にその言葉を発していた。

半年も、あきらを待たせた。こんなふうに駆けつけてくれるほど自分を想っている人を、苦しめていた。今さっきまで、あきらの気持ちを疑っていた。

悠一は気がつく。

約束は大切だ。けれどもっと、大切なこと――それはたぶん、信じることなのだ。

臆病者とはつまり、信じることのできない人間なのだろう。

あきらからの電話がなかった夜、悠一は大きな不安に駆られた。母親がかつてしたように、あきらもまた自分を捨てるのではないかと勝手に思い込んだ。

あきらを信じられなくて苦しかった。

小さな約束ひとつ壊れただけで、あきらを信じられなくなった。いつか浮気などではなく、本当に心変わりするに違いないと――勝手に決めつけた。

「ごめんなさい、あきら……ごめんなさ……」

涙が溢れ、それはすぐにあきらのシャツに吸い込まれていく。

あきらはずっと腕の力を緩めない。

まるで、緩めたそばから、悠一が逃げてしまうのではないかと恐れているようだった。

そんなわけないのに。もう悠一は逃げたりしないのに。

やがてあきらはキスを交わすために少しだけ腕を緩めたが、結局明け方までほとんどの時間、悠一はその腕の中ですごすことになった。

「ごめんなー悠一〜、三十分だけ待って。おれなんか勘違いしてたんだよな〜」

あきらと復縁した週末、悠一は閉店後の美容室に来ていた。

三週間先までこの頭にさせておくわけにはいかないからと、特別に時間外でカットしてくれることになったのだ。

※

午後九時半、今夜はスタッフも皆引き上げている。

「いいよ。雑誌読んでるから、気にしないで」

だがたまたま時間外のダブルブッキングがあったらしい。

悠一より先に来ていた青年は綺麗な顔立ちの中にも愛嬌があり、性格の良さが滲み出ているような人だった。あきらのお気に入りなのかなと、内心どきどきしながら軽く会釈する。すでにカット椅子に腰掛けている彼も、にっこり笑い返してくれた。

「いやいやチャチャッと片づける。いいのいいの、コレなんかテキトー」

小走りにワゴンを用意するあきらに、青年は眉根を寄せた。

「城下《しろした》さん、コレはないでしょ。地球の核に届きそうなほど落ち込んでいたときに、一緒に飲んであげた恩を忘れたわけ？」

「忘れてないけどさ、おれだってこないだあのバカにさんざん説教かましたんだから、おあいこだろ？　おれが尻叩かなきゃ、あいついつまでも隠れていたかもしれないぞ」

どうやら青年には別の恋人がいるらしい。悠一はホッとして、ヘアスタイル雑誌を膝の上に載せた。

「ま、それについては感謝してるけどさ……あ、このあと玲《れい》とここで待ち合わせしちゃったけど、構わない？」

「べつにいいですよー、それは。で、あいつ、なんだって？　感動の再会はどうだったんだよ」

「内緒だよ。人に話すようなことじゃないもの」

ページを捲る悠一の耳に、自然と会話が入ってくる。他の客はいないしBGMも止まっているので、普段より聞こえやすいのだ。

「いつから望《のぞみ》くんはそんなケチになったんだ」

「奥ゆかしいって言ってよ。城下さんみたいに、可愛い人が戻ってきた翌日に電話で全部報告してくるほどオープンじゃないんだ、僕」

「………コラ。耳落とすぞ」

さすがに悠一の顔が熱くなる。

あきらにそんな子供のような一面があるとは知らなかった。嬉しかったが、同時に恥ずかしくもあり、肩を竦めて雑誌に視線を落とす。

「でも、ひとつだけ教えてあげるよ……玲は言ってた。約束を、ありがとうって」

「約束？」

「うん。城下さんが伝言してくれたでしょう？　僕はずっと待ってるっていう約束。あの約束に感謝しているって。だから僕も、城下さんには——感謝してる」

「愛の伝書鳩だったよな、おれ。クルッポー」

笑いながら茶化しているあきらだが、そういうときのあきらはたいてい照れているのだと悠一は知っている。望という青年もまたわかっているのだろう、笑いながら「ハトっつーよりカラスっぽいかな」などと冗談で返している。

それにしても、どこかで聞いたような話だ。

約束を、ありがとう——これに似たことを、誰かが最近言っていたような気がする。言葉自体は違うが、ニュアンスのよく似た……誰だっただろう、思いだせない。

ここ数日、悠一の脳味噌はすっかり働きが悪いのだ。毎晩の電話で、あきらがベタに甘い文句をつらつらと言い続けるせいで、脳が溶けかかっているに違いない。とてもじゃないが、人には聞かせられない会話だ。生徒に聞かれた日には、悶死しそうである。

「前髪どうするのよ、望くん」

「んー、短くしちゃっていいや。玲が顔を触りやすいように」

「ハイハイご馳走様ですー」

シャキシャキと軽快な鋏《はさみ》の音が聞こえる。悠一はカタログを閉じて、あきらのほうを見た。自分で考えずとも、あきらが一番似合うスタイルを決めてくれるだろう。

仕事をしているあきらは、いつもにも増して男前に見える。

確かに手の動きが早く、急いでいるのはわかるが、決して手を抜いていないのは真剣な目つきから察せられる。あきらは自分の仕事にプライドを持っているのだ。

目が合うと、こっちが蕩けそうな笑みをくれる。

「悠一、もう少しだからな」

「ゆっくりでいいよ。あきらの仕事ぶり、見ているだけでも楽しいから」

そう言って笑いかけると、なぜかあきらがサアッと頬を染めた。そして鋏を止め、一度天井を仰いでから、鏡の中に望に

「……なあなあ、聞いた？　聞いた聞いた？　もー、悠一って、可愛いだろう？」

そんな恥ずかしいセリフを言ってのけ、同意を求めるのだ。悠一はあきらに輪をかけて赤くなり、再び雑誌を開く羽目になる。望は声をたてて笑い

「城下さん、中学生みたい」

と正しい意見を述べた。いや、うちのクラスの子だってもうちょっとマシかも……悠一は半ば本気でそう思う。下手に大人なだけに、惚気《のろけ》っぷりにためらいがない。

やがて望のカットが終わり、悠一はシャンプー椅子に座る。

鼻歌まじりの美容師は、ご機嫌なままで棚からフェイスチーフを取っている。

「もうすぐ、望の彼氏が来るんだけどさ」

「え、男の人なの？」

「そうそう。おれの親友なんだよ。……やっと悠一に紹介できるなぁ」

ふわりとチーフがかけられて、視界が真っ白になる。

悠一は目を閉じて、あきらの親友がどんな人物なのか想像した。あきらに似ているのか、あるいは正反対なのか……少し緊張するけれど、会えるのは嬉しい。

「ちょっとイイ男だけど、目移りしちゃだめだぞ」

悠一は小さく笑う。冗談なのか、本気なのか、あきらの顔が見えないのでよくわからない。半々なのかもしれない。

ため息の出るような心地よいシャンプーが終わり、乾いたタオルが悠一の耳の中を拭く。擽ったくてつい身を捩《よじ》ってしまい、こら、とあきらに愛撫のような声で叱られる。

そのとき、店のドアベルがチリリと鳴った。

どうやら到着したようだ。コツコツと杖が床を辿るような音がする。

「——こんばんは」

悠一のよく知っている、美しい声が挨拶をした。

お寒うございます、榎田尤利《えだゆうり》です。

このあとがきを書いている現在は、マイナスイオンも出る加湿器が活躍中の十一月、そしてこの本が出る頃はすでに2003年なのですね。

みなさま新しい年をいかがお過ごしでしょう。

さて、クロスノベルスからの三冊目は『明日が世界の終わりでも』となりました。お楽しみいただけたでしょうか。

表題作はネットで発表したものに加筆・修正を加えましたが、物語自体は変わっておりません。久しぶりに読み返し、エロティックなシーンが多くて自分で驚いたりして。しかも普通のやり方してませんよ、この人たちってばっ。

実は、この作品を単行本にというお話をいただいた当初、一冊分に足らないことはわかっていましたので、全体的に膨らまそうかとも考えました。望視点だけではなく玲治視点も入れてみるなど、膨らます手法はいくつかあったのです。ですが、やはり分量的にはこの程度が一番いいように思えて踏みとどまりました。これ以上量を増やしても、蛇足になるような気がしたのですね。他の方法で小説世界を広げられたらいいなと思い、脇キャラだった城下に出張ってもらったわけです。

書き下ろした『約束』『集い』は玲治の友人である城下の恋物語になっています。『明日が世界の終わりでも』に比べたら、ずいぶん地味な恋愛話です。お相手は真面目な中学校の先生ですし、城下は軽薄なところがありますし（笑）ですが私はこういう静かな恋愛を書くのも大好きなので、楽しんでお仕事をさせていただきました。この二作品には望や玲治も登場しますので、彼らのその後を知ることもできる構成になっております。

今回もイラストの茶屋町先生、担当編集氏、その他私を支えてくださる皆様に大変お世話になりました。厚く御礼申し上げます。小説を書くのはたったひとりの仕事のようで、実はそんなことはないのだと、本を出す度に身に染みるのです。

そして私という人間が小説を書きたがる一番の理由は、やはり読者のみなさまに物語をお届けしたいからに他なりません。ご感想、ご要望などございましたら是非お聞かせください。お待ちしております。

2002年、秋麗ら　榎田尤利

公式サイト http://kt.sakura.ne.jp/%7Eeda/nudemouse

CROSS NOVELS既刊好評発売中

定価:900円（税込）

生徒会室の恋人

渡海奈穂

illust 門地かおり

服脱いで、俺の方に来いよ

生徒会書記の田口は、元彼とのHな写真を撮られ脅されていた。それを盾に体の関係を迫るのは、冷淡な副会長・八槇だった。乱暴に抱かれながらも感じてゆく田口。体と裏腹に反発する心の行方は!? その後のふたりの書き下ろし他、中学生の幼馴染みへの恋と嫉妬を描いた短編を収録。大胆で過激な学園恋愛ストーリー。

血のように甘く

バーバラ片桐

illust みささぎ楓李

俺のことめちゃくちゃにして

心の空洞を、男に抱かれることで埋めようとする荒井は、同級生の嶋田を拘束しむりやり関係を結んでしまう。誠実でまっすぐな嶋田をうっとうしく思っての行為だったはずが、その後「抱かれたくなったら俺を呼べ」と言われ、戸惑いつつも心惹かれる荒井だったが……。リリカルでハードなエロティックストーリー。

■■■■■ 笠倉出版社のXXシリーズ、CROSS NOVELSシリーズは、すべて通信販売で購入できます！ ■■■■■

通信販売の申し込みは郵便局で受け付けています。郵便局に備え付けの振込用紙を使って、お申し込みください。振込用紙の口座欄に、笠倉出版社の口座番号00130-9-75686と加入社名「（株）笠倉出版社」を記入し、欲しい本と送料を足した金額（送料は一冊250円、2冊380円、3冊以上500円となります）をお振り込みください。通信欄に、欲しい本のタイトルと冊数を忘れず記入してくださいね！払込人の欄には、あなたの住所・氏名・電話番号を書いて下さい。

■申し込み方法は郵便振替だけ！ 切手や為替では受け付けていません。

■注文いただいた商品は、宅配会社のメール便（3冊以上は宅急便）にてお届けします。3ヶ月以上たっても届かないときは、問い合わせください。

■落丁・乱丁以外での、返品・キャンセル・変更などは、一切出来ません。気をつけてお申し込みください。

■分からない点、在庫の問い合わせなどは、左の電話番号までどうぞ。

株式会社 笠倉出版社営業部 03（3847）1155

CROSS NOVELSをお買い上げいただき
ありがとうございます。
この本を読んだご意見・ご感想をお寄せください。
〒110-8625
東京都台東区東上野4-8-1　笠倉出版社
CROSS NOVELS 編集部
「榎田尤利先生」係／「茶屋町勝呂先生」係

CROSS NOVELS

明日が世界の終わりでも

著者
榎田尤利

2003年2月23日　初版発行　検印廃止
発行者　加藤健次
発行所　株式会社　笠倉出版社
〒110-8625　東京都台東区東上野4-8-1　笠倉ビル
[営業]ＴＥＬ　03-3847-1155
ＦＡＸ　03-3847-1154
[編集]ＴＥＬ　03-5828-1234
ＦＡＸ　03-5828-8666
振替口座　00130-9-75686
印刷　株式会社　光邦
装丁　Yumi Koda
ISBN　4-7730-0261-1
Printed in japan

CROSS NOVELS